UNE NOUVELLE DES FRÈRES BYRNE

PÉCHÉS SECRETS

JILL RAMSOWER

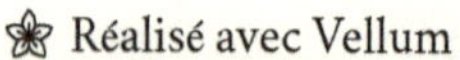 Réalisé avec Vellum

PÉCHÉS SECRETS

UNE NOUVELLE DES FRÈRES BYRNE

JILL RAMSOWER

La tequila pouvait vraiment donner le vertige à une fille. Ou peut-être était-ce simplement parce que j'avais appris que mon oncle avait tué sa femme. La nouvelle m'avait certainement bouleversée.

Lors des mois ayant suivi la mort de ma tante, la vie avait paru figée, comme dans un espace-temps surnaturel. Ma cousine, qui s'avérait également être ma meilleure amie dans ce monde, avait perdu sa voix et ne quittait plus sa maison. Tout notre arbre généalogique était enveloppé par le chagrin. La vie s'était arrêtée, jusqu'à ce que tout se remette en mouvement, un jour, sans passer par la case normalité pour adopter directement l'hypervitesse. C'était si déconcertant que j'en avais le vertige.

Je regardai mon reflet déformé dans les portes en métal de l'ascenseur et ravalai un gloussement.

Oui, la tequila jouait clairement son rôle.

Noemi et moi avions descendu des shots de Patrón pendant qu'elle me racontait la vérité sur la mort de sa mère. Elle avait gardé ce secret pendant des mois et il était incroyable de retirer cette barrière entre nous. D'enfin avancer.

— Tu bois en pleine journée ?

La voix de Bishop m'accueillit dès que les portes de l'ascenseur s'ouvrirent.

Je souris narquoisement devant ces fossettes jumelles qui étaient bien trop mignonnes pour être légales.

— Je suis adulte, rétorquai-je.

— La dernière fois que j'ai vérifié, vingt ans, c'était encore un an avant l'âge fixé par la loi pour boire à New York.

— Comme si ça *t*'avait déjà arrêté.

Je ne connaissais pas Bishop depuis longtemps, mais nous avions passé des heures ensemble au mariage de Noemi, quelques jours avant, et je savais que ce play-boy insouciant n'était pas du genre à se priver à cause des règles. Lui et moi, nous avions joué à cause de l'alchimie électrique crépitant entre nous et nous avions dansé dans un équilibre instable, au bord d'une falaise périlleuse.

L'excitation et l'alcool palpitant dans mes veines, je me sentis projetée une nouvelle fois dans ce précipice à la vue de ce bel Irlandais. Si ses boucles acajou relâchées et ses yeux marron scintillants ne suffisaient pas à faire flageoler les jambes d'une femme, sa mâchoire carrée et ses fossettes épiques étaient faites pour asséner le coup fatal. Et je ne parlais là que de son visage. Le corps parfaitement sculpté de Bishop aurait fait pleurer Michel-Ange. Bon sang, j'avais peut-être versé une larme ou deux en songeant à lui.

Bishop, dont le vrai nom était Ewan Bohanan, comme je l'avais appris, avait adopté un genre de confiance décontractée si puissante qu'elle avait sa propre force de gravité. Il était espiègle, intensément viril et irrésistiblement magnifique. Il était également là pour me ramener chez moi, maintenant que je quittais l'appartement de ma cousine, et j'étais bien trop pompette pour me conduire correctement.

Il sourit et se pencha.

— Oui, mais je fais toutes sortes de choses que tu ne devrais pas faire.

Je me rapprochai, levant les yeux vers lui et le regardant sous mes paupières lourdes.

— Vous n'avez pas honte, monsieur Bohanan ? ronronnai-je. Ne sais-tu pas que nous sommes au XXIe siècle ? Les femmes peuvent faire tout ce que les hommes font.

— Je ne suis pas sûr que ton père serait d'accord avec ça.

— Ça ne m'a jamais arrêtée, par le passé.

Mensonge. Papa était arrivé à ses fins à de nombreuses reprises au fil des années, mais je prenais le contrôle, maintenant. J'avais déjà commencé à chercher mon propre appartement en secret. J'envisageais toute une série de choses que font les Femmes Indépendantes, et Bishop devint subitement la chance parfaite de cocher une autre case sur la liste.

Avoir un coup d'un soir follement torride.

Cette situation était idéale. Le chauffeur de papa m'avait déposée chez Noemi avant le déjeuner et on ne m'attendait pas à la maison avant le dîner. Bishop était canon, libre et suffisamment familier pour ne pas être un véritable inconnu. Je n'aurais pas pu demander une meilleure configuration.

La direction que prenaient mes pensées devait se lire sur mon visage, car son sourire s'évanouit et fut remplacé par quelque chose de sombre et de concupiscent.

— Je crois qu'il est temps que tu rentres chez toi avant que les choses s'emballent.

Sa voix se réduisit à un grondement rocailleux qui engendra une chaleur profonde dans mon ventre. J'eus le souffle coupé et mon regard fut attiré par ses lèvres. Avec un grognement torturé, il me fit pivoter vers l'entrée du bâtiment.

— Commence à marcher et ne me fixe pas comme ça.

La tentation rongeait son self-control. Bien. J'aimais l'idée que Bishop soit si étourdi par l'envie, qu'il serait incapable de réfléchir correctement.

À contrecœur, je lui fis plaisir et il appuya l'une de ses mains dans mon dos, telle une arme. Un petit sourire étira mes lèvres alors qu'il me guidait vers une Mustang d'un jaune éclatant qui correspondait parfaitement à sa personnalité vibrante.

— Ta voiture est magnifique.

— Merci. Tu ne vas pas vomir dedans, n'est-ce pas ?

Je lui lançai un regard noir par-dessus mon épaule.

— Si tu ne connais pas la différence entre pompette et bourrée, je me suis peut-être trompée sur ton compte.

Je me tournai et m'appuyai contre sa voiture, lui faisant face et le toisant d'un air de défi.

— Je suis exactement la personne que tu crois.

Son changement de comportement drastique, de son

aisance taquine à cette intensité mortelle, était impressionnant.

Écouter Noemi raconter son histoire pendant une heure avait allumé un feu en moi. Bien que nos pères soient très différents – le mien n'avait jamais menacé ma vie comme le sien l'avait fait avec elle –, je me sentais toujours obligée de suivre ses ordres. Un mariage arrangé pour moi faisait partie du champ des possibles et Noemi n'avait été avertie que deux semaines auparavant.

Cela aurait pu être moi.

Je n'aimais pas l'idée d'être liée à un homme que je connaissais à peine. Néanmoins, si je n'avais pas le choix, je serais maudite si je ne profitais pas au moins de la vie avant. Jusqu'ici, mon expérience avec les hommes était honteusement limitée. Aucun garçon de mon école ne s'approchait de moi – papa s'en assurait. Et quand tante Nora était morte, que Noemi s'était renfermée sur elle-même, il ne m'avait pas paru correct de sortir et de m'amuser. J'avais été coincée dans un genre de confinement, presque autant que Noemi. Il était temps de me débarrasser de ma torpeur et de commencer à vivre.

Mon souffle se bloqua dans ma gorge tandis qu'une de mes mains se tendait pour s'agripper à l'avant de son T-shirt et le tirer doucement.

— Alors, prouve-le. Emmène-moi chez toi.

Les narines de Bishop se dilatèrent tandis que le reste de son corps se durcit comme du granit sculpté.

Ne voulant pas qu'il me voie comme une petite fille inexpérimentée, je l'attirai jusqu'à ce que son corps entre totalement en contact avec le mien.

— Tu réfléchis trop, le tombeur. Nous nous tournons

autour depuis notre rencontre. Il est temps de laisser les choses suivre leur cours.

J'arrivais à peine à croire les mots audacieux qui franchissaient mes lèvres. Je parlais comme une dure à cuire, une femme moderne sûre d'elle, et le frisson était aussi enivrant que la tequila qui réchauffait toujours mes veines.

— Merde, siffla-t-il. Tu essaies de me faire tuer, n'est-ce pas ?

— Ne te flatte pas. Ce n'est pas comme si tu échappais à un crime monumental.

M'attrapant la main, il me fit faire le tour de la voiture jusqu'au côté passager et me tint la portière ouverte.

— Monte.

Échec et mat.

♦

NOUS N'AVIONS fait que quelques pas dans l'appartement de Bishop, au dixième étage, quand il colla mon dos contre un mur et que l'une de ses mains se posa sur ma gorge tandis que ses lèvres dévoraient les miennes.

Il ne se contentait pas de m'embrasser. Il m'assiégeait et me conquérait, tout en laissant échapper un grognement vorace. J'étais plus qu'heureuse de concéder ma défaite. Mes mains tiraient sans réfléchir sur sa chemise, comme si j'avais désespérément besoin de me débarrasser des barrières entre nous. Peu importait que je n'aie jamais fait ça auparavant. Tout, dans l'idée d'être avec Bishop, me paraissait naturel et convenable, comme si je chantais une mélodie que je connaissais depuis la naissance.

Il s'éloigna suffisamment longtemps pour passer son haut au-dessus de sa tête et j'en fis de même, ravie d'avoir mis un soutien-gorge rose sexy qui soulignait parfaitement mes modestes courbes.

— *Merde.*

Ses yeux devinrent vitreux alors qu'il m'observait.

— Tu es encore mieux que je l'avais imaginé.

Je continuai à me déshabiller, déboutonnant mon short en jean et le laissant tomber par terre. Bishop glissa son pouce dans le bonnet de mon soutien-gorge et libéra rapidement ma poitrine avant de saisir le bourgeon tendu dans sa bouche. Un besoin électrique traça un chemin de mon téton jusqu'à mon clitoris et mon flux sanguin augmenta, puis palpita dans la délicate boule de nerfs. Ma tête retomba contre le mur et mes lèvres s'entrouvrirent sur un soupir d'extase pure.

— *Bishop*, soufflai-je tandis que mes doigts passaient dans ses boucles soyeuses. Tu... t'es imaginé... avec moi ? murmurai-je malgré les sensations enivrantes qui submergeaient mon corps.

— Ces deux dernières nuits, j'ai visualisé tes courbes pendant que je baisais violemment ma main.

Mon Dieu, j'adorais cette honnêteté éhontée. Je n'avais pas pensé qu'il pouvait être encore plus sexy, mais chaque mot qui sortait de sa bouche ne faisait qu'intensifier mon tsunami de désir.

— Et pour cette bouche ? demandai-je d'un air faussement timide en glissant ma langue sur ma lèvre inférieure. Dans tes fantasmes, tu as imaginé ma bouche te faire des choses obscènes ?

Je tombai à genoux avant qu'il puisse répondre et ouvris son pantalon, mon regard demeurant constamment rivé sur le sien.

Je ne savais pas qui était cette déesse qui avait pris le

contrôle de mon corps, mais je l'adorais. J'avais l'impression d'avoir déverrouillé une nouvelle version de moi-même. Quelqu'un de puissant et d'audacieux. Une femme qui savait ce qu'elle voulait et qui n'avait pas peur de le prendre. Pippa 2.0, une fille qui assure et une déesse extraordinaire.

Le corps entier de Bishop frissonna sous l'effet de la retenue.

— Les choses que je veux faire à cette bouche m'enverraient directement en enfer.

Sa voix rocailleuse caressa ma peau nue, m'encourageant à continuer.

Lorsque sa lourde verge se libéra de son boxer, je dus repousser le besoin hallucinant d'observer sa beauté virile, bouche bée. Je n'avais jamais vu un pénis d'aussi près et je n'avais certainement jamais rêvé que ce serait si hypnotisant. Cette chaleur palpitante. Les veines gonflant sur sa longueur impressionnante. La texture voluptueuse de sa peau si douce comparée à l'impossible rigidité à l'intérieur.

Il était une satanée œuvre d'art et j'avais envie d'apprécier chaque centimètre carré de son corps, mais je ne voulais pas qu'il sache que j'étais vierge. À deux reprises, par le passé, des mecs s'étaient tirés à la dernière seconde quand je leur avais dit la vérité. Comment diable allais-je un jour perdre ma virginité si personne n'était prêt à se comporter en homme ? Pas cette fois-ci. Je ne lui donnerais aucune raison de douter de moi. Ce qu'il ignorait ne pouvait pas lui faire de mal.

Je le serrai autour de sa base et suçotai l'extrémité salée de son sexe. Je savourai la sensation de chaleur écrasante contre ma langue avec quelques mouvements autour du gland. Impatiente de me mettre à l'épreuve, je remplis mes poumons d'air, aplatis ma langue, puis le suçai profondément jusqu'au fond de ma gorge.

— *Seigneur*, chaton. Tu me suces comme une championne.

Je levai les yeux juste à temps pour voir sa tête retomber en arrière et sa main se poser derrière mon crâne. Ses louanges m'enflammèrent de l'intérieur avec un flot de lumière radieuse. Je n'aurais jamais imaginé qu'il soit si agréable de procurer du plaisir à un homme, mais le regarder se liquéfier à mon contact était meilleur que n'importe quelle drogue.

J'opinai du chef, léchant et suçant comme si son membre était un glaçon et que je n'avais pas bu d'eau depuis des jours. Lorsque je gémis, alors qu'il était au plus profond de ma gorge, il tira mon visage en arrière et grogna.

— Ça suffit. La première fois que je jouirai, ce sera dans ta petite chatte rose.

Il m'aida à me lever, avant de baisser ma culotte jusqu'à mes chevilles. L'impatience bouillonnait sous ma peau comme du champagne de luxe alors qu'il sortait un préservatif emballé de son portefeuille et l'ouvrait. Une fois qu'il fut entièrement protégé, il me lança un regard si primitif que mes genoux menacèrent de céder.

— J'ai besoin de toi en moi, Bishop.

J'espérais qu'il attribuait mon essoufflement à mon désir, plutôt qu'à ma nervosité. J'*étais* prête pour lui, mais j'étais également anxieuse. Je devais m'assurer de ne trahir aucun inconfort. Si j'agissais normalement et qu'il était suffisamment concentré sur le moment, il ne soupçonnerait jamais ce que j'avais dissimulé, selon moi. Les hommes n'étaient pas franchement les créatures les plus observatrices dans les meilleurs moments.

— Tu es prête pour moi, chérie.

Il passa une main dans ma nuque afin de guider mes lèvres vers les siennes, tandis que l'autre glissait habilement entre mes chairs. Un grognement se fraya un chemin depuis son torse.

— Tu es déjà si mouillée. Viens ici.

Il me prit dans ses bras et appuya mon dos contre le mur, mes jambes enroulées fermement autour de sa taille.

C'était là. Le moment où je me débarrassais de cette fichue étiquette de vierge et que j'avançais avec confiance vers ma vie de femme.

Un sourire triomphant se dessina sur mon visage avant que j'écrase mes lèvres sur les siennes, à l'instant même où Bishop me pénétrait.

Je l'ai fait ! Et je n'ai même pas grimacé, même si ça fait mal, cette connerie !

J'étais tellement captivée par ma propre euphorie et mes émotions étourdissantes qu'il me fallut une seconde pour me rendre compte que Bishop était devenu cruellement immobile.

— C'est. Quoi. Ce. *Délire* ?

Chaque mot entaillait l'air chargé de tension avec une précision mortelle.

Bishop releva lentement son regard cinglant vers le mien.

Oh merde.

Oh merde. Oh merde. Oh merde.

Ça ne se passait pas comme je l'avais prévu. Il savait. Il savait exactement ce que j'avais fait et il était furieux.

— Ce n'est rien, Bishop. J'en avais envie. Je te le promets.

Je tentai de le rassurer.

— Et moi, Pippa ? aboya-t-il. Tu t'es arrêtée une seconde pour te demander si *je* le voulais ?

Aïe.

La sirène sexuelle en moi se flétrit comme les pauvres

âmes dans *La Petite Sirène* qui avaient passé un marché avec la maléfique sorcière des mers.

Je reposai mes pieds, grimaçant alors qu'il se retirait de moi, et je maintins mon regard vers le bas. J'avais eu tellement hâte de savoir enfin ce que je ressentirais en étant avec un homme que je n'avais pas songé aux conséquences si je me trompais. Le dégoût de Bishop me recouvrait d'une couche poisseuse de honte.

— Merde, ce n'est pas ce que je voulais dire, grommela-t-il. Ça n'aurait pas dû se dérouler comme ça, Pippa. Ta première fois ne devrait pas se faire contre un satané mur.

Il passa une main dans ses cheveux et observa la pièce, comme s'il cherchait des réponses.

— Merde alors. On ne peut plus revenir en arrière, alors je ferais aussi bien de m'y prendre correctement.

Il m'attrapa la main et m'attira vers sa chambre.

J'essayais de ne pas avoir l'impression d'être une enfant qui s'était mal comportée, mais c'était difficile. Je l'avais déçu et je le savais. La culpabilité masquait curieusement tout soupçon de courage que j'avais ressenti quelques minutes plus tôt, et je restai donc vulnérable et incertaine.

Nous nous arrêtâmes au pied de son lit *king size* masculin. Sa chambre était confortable, quoiqu'un peu en bazar. Quelques vêtements étaient éparpillés par terre et son lit n'était pas fait, mais tous les meubles étaient luxueux et la décoration était cohérente. C'était raffiné, mais habité. J'aimais bien. Même beaucoup.

Bishop se mit face à moi et leva un doigt sous la bretelle de mon soutien-gorge, me caressant lentement jusqu'au sommet de ma poitrine.

— Comment quelqu'un de si incroyable a-t-il pu ne jamais être touché avant ?

Sa question était rhétorique, comme toute son attention était focalisée sur le mouvement de ses doigts. Je n'aurais pas pu répondre même si je l'avais voulu. L'intensité de ses mots et son contact hypnotisant me rendaient muette.

Bishop tendit la main derrière moi afin de dégrafer mon soutien-gorge – le dernier vêtement entre nous. Il ne me le retira pas immédiatement. Il leva plutôt les doigts vers les fines bretelles de mes épaules et les abaissa malicieusement, son regard affamé rivé sur chaque centimètre de la peau nouvellement dévoilée, jusqu'à ce que la gravité se manifeste et que la dentelle tombe par terre.

Mes tétons se crispèrent incroyablement. Ma respiration devint superficielle.

Je me sentais bien plus exposée que jamais et ça n'avait rien à voir avec mes vêtements. Tout, dans cette situation, paraissait différent que lorsque nous étions entrés dans l'appartement. Notre allégresse suffocante s'était muée en quelque chose d'infiniment plus poignant. L'air était saturé d'émotions et je ne savais pas vraiment si je voulais l'inspirer ou fuir vers la sortie la plus proche.

— Je devrais te fesser pour la farce que tu m'as faite, mais j'imagine que tu as été suffisamment punie.

Il leva les yeux vers moi, s'adoucissant enfin légèrement.

— Tu as mal ?

Je secouai la tête.

— Plus maintenant.

Il acquiesça une fois, avant de river son regard vers le lit.

— Sur le dos.

Je lui obéis, mais hésitai quand il se baissa et me fit signe d'écarter les genoux.

— Je ne sais pas vraiment si tu as envie de faire ça. J'ai peut-être un peu saigné.

Les mains sur mes genoux, il les ouvrit grandement.

— Si je ne voulais pas faire ça, je ne le ferais pas.

Il m'embrassa l'intérieur de la cuisse et remonta lentement en me mordillant et en me léchant, ce qui fit naître un feu furieux dans mon ventre.

— Dis-moi que tu as au moins joué avec toi, déjà.

— Oui, je ne suis pas une prude, j'ai simplement été surprotégée.

Il mordilla mon sexe à cause de ma réponse malicieuse.

Je m'exclamai, mes muscles se contractant.

— S'il te plaît, touche-moi. J'ai besoin que tu me touches, haletai-je.

— J'y arrive, chaton. Tu ne peux pas précipiter ce genre de choses.

Bishop glissa un doigt en moi. J'avais plus mal que je ne m'en étais rendu compte. Toutefois, quand il recourba son index pour heurter un point en moi, le plaisir qui frémissait déjà dans mes veines se décupla.

Je gémis. Bruyamment.

— Mon Dieu, c'est si bon.

J'avais auparavant eu des orgasmes, mais c'était différent. Avec les doigts de Bishop allumant un feu en moi, mon corps frissonna et trembla à cause de la vague imminente de plaisir. Quand il suça enfin mon clitoris, stimulant la boule de nerfs gonflée, la vague s'écrasa sur moi si totalement que je perdis tout contrôle. Un cri de pure jouissance se fraya un chemin depuis ma gorge. Mon corps tressaillit et je fus presque certaine que mon âme quittait momentanément mon corps.

Alors que je reprenais mes esprits, Bishop couvrit mon corps avec le sien avant de m'embrasser profondément.

— Goûte ta saveur sur ma langue, chaton. *Maintenant*, tu es prête.

Il repoussa mes genoux et entra en moi de deux centimètres.

Je sentis un étrange vide après mon orgasme. Comme si mon corps savait qu'il manquait quelque chose, mais la pression de son intrusion m'obligea à me crisper, par réflexe.

— Doucement, chérie. Essaie de te détendre. Je ne veux pas te faire plus de mal que je t'en ai déjà fait.

Je hochai la tête et inspirai pour me calmer.

— C'est ça, ma belle.

Sa voix devint plus tendue. Il se balança contre moi, entrant lentement centimètre par centimètre jusqu'à ce qu'il soit enfoncé complètement.

— Merde, ce petit trou serré était fait pour moi.

— *Mon Dieu*, Bishop. Je me sens si pleine.

Mes mots n'étaient rien de plus que de fins soupirs. Toute mon énergie était focalisée sur la réconciliation avec cette nouvelle sensation étrange de possession absolue. Cette impression d'être totalement et complètement enveloppée par un homme. Il avait capturé mes sens – j'étais incapable de faire quoi que ce soit, à part absorber son goût, son contact et même son odeur. Il était partout, il était tout, et je ne pouvais m'en lasser.

Il commença alors à bouger.

Lentement et régulièrement au début, il entreprit des va-et-vient de plus en plus rapides et violents jusqu'à ce que rien d'autre n'existe, à part notre connexion enivrante. Nous n'avions aucune attente ni aucune règle. Il n'y aurait aucune conséquence ni responsabilité. Nous étions suspendus dans un moment magique consistant en un pur désir charnel.

Il repoussa davantage mes genoux, pliant ma colonne vertébrale pour entrer plus profondément. Je m'accrochai à son corps, l'incitant à avancer et le suppliant de m'en donner plus.

— C'est ce que tu voulais, chaton ? demanda-t-il à travers ses lourds halètements. Avoir ma queue enfoncée en toi jusqu'à la garde ?

— *Oui.*

Mes yeux roulèrent dans leurs orbites tandis qu'une brillance luisante me taquinait et crépitait entre mes jambes. Comme lors de mon orgasme précédent, mais c'était différent. C'était plus. Comme si toute jouissance passée n'était qu'un échantillon de ce qui était possible. De ce que je m'apprêtais à expérimenter.

— Merde, je veux voir mon sperme couler de ta chatte mouillée.

À ma grande surprise, les obscénités de Bishop me rapprochèrent du bord du précipice. Je ne savais pas que de simples mots pouvaient être si érotiques, mais chaque fois qu'il parlait, mes entrailles fondaient.

— *Bishop !*

— Ma belle aime quand c'est sale, n'est-ce pas ?

Il était comme un train de marchandises, nous poussant tous les deux sans relâche vers l'extase.

— C'est ça, chérie. Serre ma queue. *Mon Dieu.*

Mes lèvres s'entrouvrirent dans un cri silencieux alors qu'un orgasme cataclysmique me submergeait. Il me balaya et effaça temporairement mon existence. Je n'étais rien de plus qu'une sensation fourmillante. Une rivière de plaisir fondu.

La jouissance de Bishop jaillit dans un grognement qui fit écho au plus profond de son torse. Il me serra contre lui pour trois lents coups de reins délibérés, son corps tordu autour du mien.

Je me délectai du contrecoup.

J'avais fait ce que j'avais prévu de faire et tout, dans ce moment, était d'une perfection extrême, mis à part notre petit pépin. J'étais certaine que Bishop se remettrait de la déception que je lui avais causée. S'il ressentait la moitié de mon bonheur suprême, il pouvait pardonner une multitude de péchés. Quel autre choix avait-il ?

Je ne m'étais pas rendu compte que je m'étais endormi quand mon portable sonna des heures plus tard. Il était dix-neuf heures trente et Conner m'appelait pour découvrir pourquoi je ne m'étais pas pointé au boulot. Je marmonnai une excuse, avant de balancer mon téléphone sur la table de nuit et de rouler, comprenant alors que le lit était vide.

C'est quoi ce délire ?

Je jetai un coup d'œil dans la chambre obscure. Le soleil qui se couchait projetait une douce lueur à travers les stores, mais je ne vis aucun signe de Pippa. Aucun mot, aucun vêtement abandonné. Elle aurait pu m'attendre dans une autre pièce, mais quelque chose me disait qu'elle était partie. Merde alors.

J'avais glissé sur le dos après les meilleurs ébats de ma vie, mon chaton satisfait allongé sur moi, et je m'étais endormi. Mes deux heures de sommeil de la nuit précédente m'avaient rattrapé. Sentir le corps mou de Pippa blotti contre le mien était la dernière chose dont je me souvenais. Merde. Avait-elle essayé de me réveiller ? Combien de temps était-elle restée là, à se demander si j'allais me réveiller ?

Ça aussi, c'était une première. Je ne pensais pas qu'on m'avait déjà laissé tomber. C'était généralement le contraire – je me faufilais hors de l'appartement d'une fille quelconque, espérant éviter la discussion gênante du lendemain matin. J'aurais dû en être heureux, alors. N'est-ce pas ? Elle m'avait épargné le devoir problématique de la renvoyer chez elle. Sauf que ce que nous avions partagé n'était pas un ébat ordinaire. Bon sang, les mots « Pippa » et « ordinaire » ne pouvaient appartenir à la même phrase.

Au lieu de me sentir soulagé, je ressentais cette étrange sensation fourmillante sous ma peau. De l'agacement. Je n'aimais pas l'idée qu'elle soit partie. Mais qu'est-ce qui n'allait pas chez moi ?

Je me levai du lit et fis rapidement le tour de mon appartement. Mes instincts avaient eu raison. Il n'y avait aucun signe d'elle. Ignorer si elle était rentrée chez elle en toute sécurité ne me plaisait pas, même s'il faisait encore jour quand elle était partie. Je décrétai que je devrais prendre de ses nouvelles et m'assurer qu'elle allait bien. Je tentais de me convaincre que c'était sa sécurité qui me préoccupait, et non l'idée de découvrir la cause de sa disparition.

Pire encore, tu pourrais juste avoir envie de la revoir.

Merde, ce n'était pas bon.

Je retournai dans la chambre et me douchai rapidement. Je devais me laver tout autant que j'avais besoin de m'éclaircir les idées. Je n'avais pas besoin de ce genre de complications dans ma vie. Une putain de vierge.

Nom de Dieu.

Elle m'avait laissé croire qu'elle était tout sauf innocente, pourtant, j'avais senti son corps céder à la seconde où je l'avais pénétrée. Un corps qui était la tentation incarnée, avec des courbes féminines et une peau aussi douce qu'une pêche mûre. Elle était absolument incroyable et j'étais son premier.

Pourquoi cela me donnait-il l'impression d'être si terriblement barbare ? Comme si j'avais besoin de me frapper le torse et de l'attirer dans ma grotte où aucun autre homme ne pouvait la regarder.

Quand je l'avais rencontrée, avant le mariage de Conner, je n'avais pu nier son charme. Des yeux marron chaleureux, des cheveux blond sable et une peau bronzée comme si elle avait toujours vécu sur la plage, plutôt qu'à Manhattan. Il y avait également les heures que nous avions passées ensemble le jour du mariage. Elle était emplie d'énergie et de vie. Il était enivrant d'être auprès d'elle. Sa nature addictive était la raison pour laquelle j'avais fini par accepter de la remmener chez moi, alors que je savais que c'était une très mauvaise idée. Elle était italienne. Son oncle était le fichu boss de la famille Moretti et je lui avais pris sa virginité comme s'il s'agissait d'un permis expiré, que ça ne valait rien.

Un éclat de colère me fit tant contracter la mâchoire que je craignais de me fissurer une dent.

Je pouvais aussi bien être en colère, ça ne changeait rien. C'était un pont qui ne pourrait jamais être franchi. La seule chose qui aiderait, c'était de me rassurer en sachant que cette satanée bonne femme était rentrée chez elle saine et sauve.

Je m'habillai pour le boulot, avant de m'obliger à rappeler Conner. Mon patron et meilleur ami de longue date n'allait pas aimer apprendre que je m'étais tapé la cousine de sa nouvelle épouse.

Tu aurais dû y penser avant de la prendre contre un mur, crétin.

Je secouai la tête quand le téléphone sonna.

— Tu as enfin levé ton cul, flemmard ? me lança impassiblement Conner en guise de salutations.

— Je n'aurais pas eu de panne de réveil si tu ne m'avais pas laissé nettoyer un tel bazar, hier soir. Tu sais comme c'est difficile de laver du sang sur de l'enduit blanc ?

J'avais éliminé les restes du cadavre d'un Albanais, après l'humeur massacrante de Conner. J'étais ravi qu'il ait eu ce salaud, mais le ménage avait été terrible.

— Ce connard a eu de la chance que j'aie été obligé de rentrer. Autrement, j'aurais fait durer sur plusieurs jours, marmonna-t-il.

Je grognai, compréhensif. Ces salopards d'Albanais impitoyables s'en prenaient à nous depuis des semaines et avaient même tué l'oncle de Conner. Je ne pouvais nier qu'il avait le droit d'être en colère. J'aurais simplement préféré qu'il l'évacue dans une cellule couverte de plastique où je n'aurais pas eu besoin de passer toute la nuit à laver du sang sur du béton.

— Tu m'as appelé pour te disputer avec moi ou quoi ? demanda Conner.

Ses paroles laconiques ne me dérangeaient pas. Je le connaissais depuis que nous étions gamins. J'étais plus proche de lui que de mon propre frère, ce qui signifiait que nous nous cherchions régulièrement des noises.

— Tu aimerais bien. J'ai besoin du numéro de téléphone de Pippa.

Un silence emplit l'atmosphère.

— Pourquoi ?

Cette simple question prouvait sa méfiance.

Je mesurai prudemment mes mots, sachant que ma réponse ne serait pas bonne, peu importaient les termes utilisés.

— Nous ne sommes pas vraiment retournés chez ses parents.

— C'est quoi ce *délire* ? rugit-il.

J'éloignai le portable de mon oreille et grimaçai.

— C'est une adulte, mec. Elle m'a pratiquement supplié pour que je la ramène chez moi.

— Ça ne veut pas dire que tu devais la prendre au mot. Mais qu'est-ce que tu as foutu ?

Si seulement il savait à quel point c'était terrible, j'aurais probablement besoin d'un chirurgien, une fois qu'il mettrait la main sur moi.

— Ça va, tentai-je de l'apaiser, mais je me suis plus ou moins endormi et je dois m'assurer qu'elle est rentrée chez elle saine et sauve.

— Mon Dieu, de pis en pis.

— Ouais, ouais. Si j'avais voulu une leçon, j'aurais appelé mon père. Contente-toi de me donner ce putain de numéro.

Chaque seconde de silence qui s'égrenait suintait de désapprobation.

— Je te l'enverrai par SMS, répliqua-t-il avant que la tonalité résonne.

Quelques secondes plus tard, mon portable sonnait pour annoncer l'arrivée du numéro de Pippa. Prenant une profonde inspiration, je le composai et attendis.

— Allô ?

Le son de sa voix vibrante et sexy rouvrit l'étau qui s'était resserré autour de mon torse à la seconde où je m'étais rendu compte qu'elle avait disparu. Jusqu'à ce que j'entende une voix d'homme dans le fond.

— Retournons dans la chambre. J'ai quelque chose de spécial à te montrer.

Chaque muscle de mon corps menaçait de craquer tant j'étais crispé. Qui était avec elle, bon sang ?

— C'est moi ? m'obligeai-je à prononcer malgré mes dents serrées.

— Oh ! répondit-elle avec une surprise sincère. Je ne savais pas que tu avais mon numéro.

— Suis-je en train d'interrompre quelque chose ?

Ma voix était aussi tranchante qu'une lame. C'était un peu trop, mais je ne pouvais m'en empêcher. L'idée qu'elle soit déjà avec quelqu'un d'autre me donnait envie de me battre.

— Il y a quelques heures seulement, c'était ma chambre que tu découvrais. Ça m'a l'air horriblement rapide pour continuer tes explorations.

— Excuse-moi ?

Sa voix devint un chuchotement étouffé.

— Tu es sérieusement en colère contre moi ?

— Je n'ai pas follement aimé que tu t'enfuies après tout ce qu'il s'est passé.

J'entendais bien comme mes mots paraissaient déments, mais je ne pouvais les retenir. L'émotion prenait le dessus.

Pippa soupira.

— Écoute, ce n'est pas grave, d'accord ? Je suis désolée de t'avoir induit en erreur, mais tu n'as pas à t'inquiéter pour ça. Je ne m'attends à rien, de ta part.

À mon avis, elle n'aurait rien pu dire pour m'énerver davantage. Comme si elle pensait que je serais soulagé de battre en retraite.

Je pris une lente et profonde inspiration pour me calmer.

— Nous devons discuter tous les deux, réussis-je à articuler d'un ton cordial.

La voix de l'homme résonnait à nouveau en fond, ébranlant le self-control que j'avais retrouvé.

— Mais c'est qui, ça ? demandai-je.

— Ça ne te regarde pas, mais c'est mon *agent immobilier*. Inutile d'en faire toute une histoire. Je cherche un appartement et un nouveau vient d'arriver inopinément sur le marché. Bon, je ne veux pas lui faire perdre son temps, alors je dois y aller.

— J'ai besoin de son nom, exigeai-je.

— Quoi ? Pourquoi ?

— Parce que tu es seul avec cet homme et que je veux savoir où te trouver s'il t'arrivait quoi que ce soit.

Elle soupira à nouveau.

— Tu es ridicule, mais je ne veux pas me disputer. Il s'appelle Clint McAllister. Content ?

— Pas vraiment, rétorquai-je sèchement.

— Au revoir, Bishop, chantonna-t-elle avant de raccrocher.

◊

— Ici Tom Pruitt. Je suis agent prêteur pour la First National. Nous essayons de conclure le dossier de la propriété au sud de Central Park et nous avons de gros problèmes. J'ai tenté d'appeler Clint Mcallister, qui est noté comme agent acheteur, mais il ne décroche pas.

J'insufflai autant d'autorité que possible dans ma voix. Les gens étaient des suiveurs, par nature. Présentez-vous avec suffisamment de confiance et vous pouvez pousser les gens à faire plus ou moins n'importe quoi.

— Oh ! Je suis vraiment désolée, monsieur. Il est avec un client sur une autre propriété, en ce moment.

La voix de la réceptionniste était teintée d'inquiétude. Comme je l'avais prédit, elle n'avait aucune envie d'être considérée comme responsable si une vente échouait.

— Ce contrat de vingt millions de dollars menace de ne pas se conclure, si je ne peux pas le contacter. Avez-vous les coordonnées du lieu où il se trouve ? Je pourrais envoyer quelqu'un pour lui transmettre un message en personne.

— Oui, bien sûr. Laissez-moi chercher ça.

Ne prenant pas la peine de vérifier mon nom ou mes références, la femme me lut une adresse qui était à moins de cinq minutes de chez moi.

Parfait. Je devrais pouvoir y être à temps.

— Merci pour votre aide.

Je raccrochai et quittai rapidement mon appartement.

Dix minutes plus tard, je me trouvais dans le hall d'un immeuble huppé quand Pippa et son agent immobilier sortirent de l'ascenseur. Elle avait changé de tenue pour enfiler une robe fourreau bleu ciel faisant ressortir son teint doré. Ce look était remarquable, mais professionnel. Je détestais penser qu'elle ait eu envie d'être jolie pour le crétin à ses côtés. Clint McAllister avait environ mon âge, ou peut-être quelques années de plus. Il était en forme, raisonnablement séduisant, et se tenait bien trop près de ma copine.

Ta copine ? Tu as perdu la tête ?

Je ne savais pas ce qui m'avait pris, mais visiblement, il était impossible d'arrêter ça.

— Pippa, ma chérie. Je suis vraiment désolé d'être en retard.

Je l'attirai contre moi pour un bref baiser, gardant sa main dans la mienne lorsque mes lèvres quittèrent les siennes.

Le choc dans son regard fut presque comique. Elle nous dévisagea tour à tour, Clint et moi, avant de reprendre ses esprits.

— Euh, pas de problème. Je ne suis pas sûre que cet endroit soit réellement ce que je recherche, de toute manière.

Elle se tourna vers l'homme qui l'accompagnait.

— Clint, je te présente Bishop. Bishop, mon *agent immobilier*, Clint.

Elle accentua le mot, comme pour m'indiquer : *je te l'avais dit.*

Je m'en moquais totalement, j'étais trop captivé par la manière dont elle avait assuré son rôle de petite amie sans faire de scène. J'étais convaincu qu'elle me passerait un savon, plus tard, mais pour l'instant, elle était à moi. Une satisfaction troublante enfla dans ma poitrine.

— Ravi de vous rencontrer, Clint.

Je tendis la main et serrai la sienne avec une fermeté extrême. Il se pinça les lèvres en rivant son regard sur Pippa.

C'est ça, salopard. Ne touche pas celle-ci.

Je me retournai vers Pippa et poursuivis :

— Je crois que nous devons vraiment nous en tenir à l'East Village, pour toi. Murray Hill est génial pour les jeunes professionnels, mais je dirais que c'est un brin inerte, pour toi. Un peu plus au sud, tu aurais un accès plus simple à une meilleure vie nocturne, tout en restant proche de Midtown. On peut y passer et visiter quelque chose dans cette zone.

Pippa fronça les sourcils.

— À vrai dire, je pensais la même chose.

Je lui serrai la main.

— Essaie de ne pas avoir l'air si déçue.

— J'ai quelque chose à vous proposer là-bas, ça pourrait vous plaire, et l'appartement est vide, intervint Clint. Les propriétaires ont laissé des meubles pour les visites, mais ils ont déjà déménagé. Nous pourrions nous y rendre maintenant si vous avez le temps, tous les deux.

— Nous adorerions, répondis-je rapidement avant qu'elle en ait l'occasion.

Elle me jeta un bref coup d'œil.

— Je vais le dire à mon chauffeur.

À la seconde où nous entrâmes dans le hall du bâtiment rénové dans l'East Village, je sus que j'avais raison. Le visage de Pippa s'illumina comme Times Square, au Nouvel An.

Le petit quartier était enrichi par la culture de l'Ancien Monde, mais modernisé d'une manière tendance et artistique, ce qui attirait de plus jeunes habitants. Pippa était trop pleine de vie pour être heureuse dans une communauté composée de traders travaillant trop et de comptables peu enthousiastes. Ce quartier de transition correspondait bien plus à son rythme.

La proposition de Clint se trouvait au vingtième étage, ce qui me plaisait. J'avais toujours préféré les nombres pairs plutôt que les impairs. Il n'y avait aucune bonne raison, ils me semblaient simplement plus équilibrés.

— Clint, s'enquit Pippa quand nous atteignîmes l'entrée de l'appartement. Ça te dérangerait si Bishop et moi, nous faisions le tour en privé, quelques minutes ?

Il riva son regard sur moi, hésitant.

— Bien sûr, allez-y. Je dois passer un coup de fil, de toute manière.

Il sortit une clé d'un boîtier pour ouvrir la porte, et se décala.

À la seconde où le battant fut fermé derrière nous, Pippa fit volte-face et enfonça un doigt dans mon torse.

— Mais qu'est-ce que tu fous là ? chuchota-t-elle vivement.

— Je viens te dire que nous devons discuter.

Elle fronça les sourcils.

— Comment savais-tu où j'étais ?

— C'est vraiment important ? Je veux savoir pourquoi tu es sortie en douce, tout à l'heure.

— Je ne suis pas *sortie en douce*.

Elle pouffa et releva le menton.

— Je n'avais aucune raison de rester, c'est tout. Il était temps pour moi de rentrer chez moi, de toute manière, et tu dormais à poings fermés. Si c'est tout ce dont nous avions besoin de discuter, tu peux partir.

Un sourire amusé et diabolique étira les commissures de mes lèvres.

— Je ne crois pas, chaton. Je ne te laisse pas seule, dans un appartement inconnu, avec un autre homme.

— Quoi ?

Sa mâchoire se décrocha tant elle était confuse.

— Je peux prendre soin de moi.

J'avançai, l'obligeant à faire un pas en arrière pour battre en retraite contre le mur. Une fois qu'elle n'eut plus aucun moyen de fuir, je la retournai et coinçai ses mains derrière elle et passai la mienne sous sa jupe en deux secondes. Elle haleta, mais ne lutta pas, étant trop choquée pour réagir.

J'approchai mes lèvres de son oreille, l'embrassant une fois dans le cou avant de serrer ses poignets, presque au point de lui causer une ecchymose.

— Il ne faudrait que quelques minutes et ta vie ne serait plus jamais la même, lâchai-je péniblement.

J'accentuai mon propos en la pressant davantage contre le mur jusqu'à ce qu'elle gémisse. Je tuerais n'importe quel salaud qui la ferait souffrir, mais elle devait comprendre le danger. Ce genre de crime ne pouvait être effacé.

Le corps de Pippa trembla.

— Ce n'est pas à toi de t'inquiéter pour moi, Bishop, dit-elle doucement maintenant que ses paroles ne suintaient plus d'aucun défi.

— C'est là que tu te trompes.

Je levai lentement la main vers son sexe, posant une paume sur sa chaleur.

— *Ça*, c'est à moi, à présent, et je protège ce qui est à moi.

Les mots franchirent mes lèvres avant que je me rende compte de ce que j'avais dit. Ils étaient venus de nulle part, d'un endroit profond en moi, et je sentis leur véracité résonner jusqu'au fond de mes os.

Je revendiquais Pippa Revello et si elle pensait en être choquée, elle aurait dû entendre les voix crier dans ma tête. Je commençais à croire que j'étais devenu complètement taré.

À LUI ? JE N'ARRIVAIS PAS À CROIRE QUE C'ÉTAIT EN TRAIN DE SE produire. Je me disais que Bishop serait ravi de savoir que je n'allais pas m'accrocher à lui et que je n'aurais pas d'attentes. Il avait probablement couché avec une centaine de femmes différentes, dans sa vie. Pourquoi avait-il décidé qu'il en voulait plus avec *moi* ?

Parce que j'étais vierge ? Je n'étais certainement pas la seule vierge avec qui il avait couché. Et si ce n'était pas le cas, qu'est-ce qui l'avait poussé à sortir et à me trouver ? J'avais été trop ébahie pour le confronter quand j'avais émergé de l'ascenseur et que je l'avais vu là, avec sa grâce prédatrice et sa fureur légitimée. L'humeur légère de Bishop était désarmante. Son côté plus subversif et intense était franchement fascinant. Il m'avait fallu presque une demi-heure pour me débarrasser de ma confusion et exiger des réponses. Sauf qu'elles m'avaient troublée davantage. Étrangement, j'avais l'impression qu'il était tout aussi perplexe que moi.

Nous finîmes de visiter l'appartement de l'East Village dans un brouillard. Je fis des commentaires sur la qualité de l'électroménager dans la cuisine. Bishop nota le système de sécurité moderne déjà installé. Nous passâmes de pièce en pièce, ignorant l'éléphant rose qui marchait sur nos talons.

Ça, c'est à moi, maintenant, et je protège ce qui est à moi.

Je ne savais pas du tout comment réagir. Clint se joignit à nous lors de la deuxième moitié de la visite et nous continuâmes donc à faire semblant d'être un couple. Expliquer que nous étions en train de régler les choses après un coup d'un soir paraissait trop gênant. Et je n'étais pas prête à traiter Bishop comme un genre de harceleur. Il était quelque peu trop zélé, mais je ne pouvais lui en vouloir. Il avait été embobiné. Peut-être que dans un jour ou deux, il se calmerait et la situation reviendrait à la normale. Il verrait peut-être une fille, dans une boîte de nuit, pour se distraire et il réaliserait que sa réaction avait été excessive.

Je massai la douleur soudaine qui irradiait dans ma poitrine.

C'était quoi ça ? Étais-je... jalouse ?

Je ne comprenais pas ce qui m'avait envahie. Tout ce que je savais, c'était que visualiser Bishop avec une autre femme provoquait des sensations immondes dans mes tripes.

Nous avions tous les deux perdu la tête. C'était la meilleure explication que je pouvais trouver. Et, pour couronner le tout, je ne pouvais pas être totalement furieuse qu'il se soit pointé parce qu'il avait eu raison à propos de l'East Village. C'était parfait pour moi et j'adorais l'appartement que Clint nous montrait. À vrai dire, je voulais faire une offre. Ce qui signifiait que je devais prendre sur moi et dire à mes proches que je souhaitais déménager.

Soudain, vivre avec eux pour toujours ne me parut pas si insensé.

Allez, Pip. Tu peux le faire. Tu dois *le faire.*

Pff. Je redoutais cette conversation, même si je savais qu'elle était inévitable. J'aimais ma vie. J'avais de l'argent, des privilèges et des parents qui m'aimaient. La vie dans la mafia était merveilleuse si la surveillance constante, les menaces continuelles pour votre vie et un père qui terrifiait et repoussait tous ceux qui vous fréquentaient ne vous dérangeaient pas. Rien, dans mon existence, n'était ordinaire.

Ce n'était pas nécessairement une mauvaise chose. J'avais tout le luxe qu'une fille pourrait vouloir. J'avais suffisamment de choses pour être heureuse. Je n'aurais pas dû rejeter une envie perpétuelle de voir au-delà des murs de mon royaume mafieux magique.

Mais Eve *aurait dû* être heureuse dans le jardin d'Éden et pourtant, elle avait tout de même cherché le fruit défendu.

C'était ce que je ressentais à l'idée de vivre en dehors de ma bulle. Un désir s'agrippait plus urgemment à mes entrailles chaque jour qui passait et cette voix interne avait hurlé plus fort que jamais avec le mariage de ma cousine. Voir à quelle vitesse sa liberté lui avait été arrachée me terrifiait. Deux semaines. Voilà tout le temps qu'elle avait eu pour se préparer à marcher jusqu'à l'autel, vers un homme qu'elle connaissait à peine.

Hors de question.

Pas moi. Ça n'arriverait pas.

Je ne serais pas coincée avec un inconnu et, pire encore, je ne serais pas privée de la chance de goûter ce qui existait dehors. Hors de question. Cette fille allait profiter pleinement de la vie. Maintenant que Noemi était de retour et que la vie avait recommencé à battre, il était temps de me concentrer sur moi.

🔥

— Tu es sortie plus longtemps que d'habitude, aujourd'hui, constata mon père une fois que j'arrivai à la maison. Ta mère a dit que tu étais allée voir Noemi, ce matin ?

Il me regarda de haut en bas, telle une déclaration silencieuse pour me faire remarquer que j'étais habillée plus joliment qu'à l'ordinaire pour passer du temps avec ma cousine.

— J'y suis allée tout à l'heure, ensuite je suis rentrée et je me suis changée.

Je pris une profonde inspiration et concentrai toute mon énergie sur la projection d'une confiance absolue.

— Cette après-midi, je suis sortie avec un agent immobilier. J'ai visité des appartements et j'en ai trouvé un que j'aimerais acheter.

Voilà. C'était dit ouvertement. Quoi qu'il arrive, j'avais au moins lancé le processus.

Le visage de papa se froissa comme si on venait tout juste de lui faire avaler de force une cuillère de vinaigre.

— Tu es allée visiter des appartements sans même en discuter avec nous ?

Je ne pus empêcher mon regard de s'abaisser brièvement vers mes mains, en signe de contrition.

— Eh bien, je savais que l'idée ne vous enchanterait pas vraiment.

— Alors, tu as cru qu'il valait mieux le faire dans notre dos ?

— Non, papa. Enfin, oui. Mais je n'essayais pas d'être déloyale. Je me suis dit qu'il vaudrait mieux être certaine que c'était ce que je voulais, afin de ne pas vous énerver sans raison.

Ce n'était pas totalement vrai, mais les choses dégénéraient rapidement. Je ne pouvais me permettre de le contrarier plus que nécessaire.

Ses lèvres déjà pincées s'affinèrent davantage.

— Je ne suis pas sûr de comprendre pourquoi tu fais ça. Tu n'as que vingt ans et ce n'est pas comme si tu étais privée de libertés, ici. Pourquoi payer un appartement quand tu as une maison parfaitement agréable ici, où je sais que tu es en sécurité ? Tu pourras déménager quand tu seras mariée. En plus, Aria a dix-sept ans, maintenant. Elle a besoin que tu sois un bon exemple. Nous ne pouvons pas nous permettre de la laisser croire qu'elle peut fuir la ville toute seule quand elle fêtera ses dix-huit ans.

La frustration forma un nœud serré entre mes omoplates.

— Papa, je dois apprendre à être indépendante, tentai-je d'expliquer.

— Non. Tu n'as aucune raison de ramer toute seule.

Je fis un pas en avant et lui saisis les mains, le suppliant de comprendre.

— Je n'en ai peut-être pas besoin, mais je le *veux*. C'est important pour moi. J'ai besoin de savoir que je peux voler de mes propres ailes. *S'il te plaît*, papa.

Il fronça les sourcils, sa conviction oscillant.

— Je vais y réfléchir, grommela-t-il enfin avant de m'attirer contre son torse. Je ne suis pas prêt pour ça, Pip. Je vais essayer, mais le monde extérieur est dangereux. T'affranchir, sans un homme pour te protéger, va à l'encontre de toutes les fibres de mon être.

— Je sais, papa. Voilà pourquoi je n'ai pas insisté avant. Et je suis navrée que tu t'inquiètes, mais ça veut tout dire pour moi. Je veux trouver ma place dans le monde et je ne crois pas être obligée d'avoir un mari pour le faire.

Il recula et baissa le nez en me regardant, faussement indigné.

— Tu dis ça comme si trouver un mari était une mauvaise chose.

Je ris et lui enfonçai un doigt dans les côtes.

— Ce n'est pas nécessairement une mauvaise chose, mais ce n'est pas non plus la *seule* option.

Il me scruta d'un air sceptique.

— J'imagine que tu n'as pas franchement tort.

Je lui lançai un sourire étincelant et il secoua la tête.

— Tu as mangé ? demanda-t-il en revenant sur un terrain plus sûr. Tu as manqué le dîner, mais je crois qu'il y a des restes dans le frigo.

À la mention de la nourriture, je me rendis soudainement compte que je n'avais pas mangé et que j'étais affamée.

— Des restes, ça me semble parfait. Merci, papa.

Je l'embrassai sur la joue, lui sourit affectueusement et partis à la recherche de nourriture avec une énergie nouvelle dans ma foulée.

🔥

UNE HEURE PLUS TARD, mon ventre ne grondait plus furieusement et je m'étais allongée sur mon lit, dans mon survêtement le plus confortable.

Quelle journée !

J'avais appris que mon oncle avait tué sa femme et enfermé ma cousine, j'avais perdu ma virginité, j'avais trouvé un endroit où vivre et j'avais admis à mon père que je souhaitais déménager. Si ça, ce n'était pas mettre la machine en route.

Dans l'ensemble, les succès de cette journée surpassaient aisément les revers. Je ne savais pas vraiment comment gérer Bishop, mais j'aurais le temps de le découvrir. Je devais d'abord analyser mes sentiments à ce sujet. Il en voulait plus, de ma part, mais ça ne faisait pas partie de mon plan.

Serait-ce nécessairement mauvais d'en désirer plus ?

Sachant comment fonctionnaient les hommes de la mafia, c'était peut-être le cas. Voudrait-il me garder sous son contrôle comme mon père avait tendance à le faire ? Papa était motivé par l'amour. Néanmoins, je ne voulais plus être dorlotée, peu en importait la raison. Je voulais prendre mes propres décisions et aller où mon cœur me guidait. Comment étais-je censée le faire avec un homme rôdant à mes côtés ?

Et pour couronner le tout, Bishop était irlandais. Que savais-je des Irlandais ? Pas grand-chose. Je n'avais jamais pensé à eux, car la possibilité que je m'implique avec eux avait été infinitésimale. Mon père flipperait-il s'il était au courant ? Les choses n'étaient plus comme lorsque mes grands-parents étaient jeunes, mais ça ne signifiait pas que ma famille mafieuse serait tendre à l'idée que je sorte avec le membre d'une organisation rivale. Au moins, avec le mariage de Noemi, nous étions plus ou moins alliés, désormais. En théorie.

La légèreté qui s'était installée dans ma poitrine après ma discussion avec mon père s'épaissit en une masse lourde. Habituellement, l'optimisme était ma seconde nature, mais l'incertitude était une ombre qui encombrait mon soleil. Il était difficile de me concentrer sur le positif quand mon esprit continuait de s'attarder sur des questions concernant Bishop.

Comme si je l'avais invoqué avec mes pensées, un SMS de sa part s'afficha sur mon portable.

Bishop : Je sens encore ton odeur sur mes draps.

Mon sourire ne pourrait s'agrandir davantage. Je n'étais pas censée espérer son attention, mais le rappel de ses mots obscènes palpitait dans mes veines et réchauffait mon sang. Le souvenir de ce qu'il m'avait fait ressentir se mua en un désir plus puissant, assez insistant pour que je me surprenne à taper une réponse.

Moi : Je sens encore tes mains sur moi.

J'appuyai sur « envoyer », me mordant la lèvre inférieure, et priai pour que mon père ne surveille pas mes messages. Je supposais que, si c'était le cas, il aurait un sacré choc.

Bishop : Tu es seule dans ta chambre ?

Mon cœur fit un trois cent soixante degrés dans ma poitrine.

Moi : Et toi ?

Je croyais deviner la direction que prenait cette discussion et je savais aussi que je ne devrais pas l'encourager, mais je n'avais jamais envoyé de « sextos », autrefois. Si je voulais tout essayer, il serait contre-productif de laisser passer cette opportunité, n'est-ce pas ?

Je faillis m'évanouir quand le téléphone sonna à nouveau.

— Allô ?

J'étais trop fébrile pour répondre quoi que ce soit de séduisant ou de sophistiqué.

— Monte sur ton lit.

Sa voix profonde et autoritaire fit bouger mon corps sans hésitation.

Je me mis sur le matelas et m'appuyai sur les oreillers relevés contre la tête de lit. Chaque terminaison nerveuse dans mon corps chantait tel un chœur impatient.

— Et toi ? demandai-je en visualisant la scène dans mon esprit.

— Je suis au bureau, là, et je bande déjà tellement que c'est douloureux.

Je souris, satisfaite.

— Tu es assis à ton bureau ?

— Hmm… Et tu m'es restée en tête toute la journée. Je veux que tu glisses ta main dans ta culotte. Ne la retire pas, vilain chaton. C'est un secret, rien que toi, moi et ta jolie chatte rose.

Seigneur, ses mots provoquaient un effet impie dans mes entrailles.

Quand mes doigts s'insinuèrent entre mes lèvres, j'étais déjà trempée. Un petit halètement sortit de ma bouche et lui soutira un autre grognement.

— Merde, j'ai beau m'agripper à ma queue, c'est incomparable par rapport à la manière dont tu me pompais. Tu es un rêve érotique incarné.

— Si tu continues de parler comme ça, je ne tiendrai pas très longtemps.

Je laissai échapper un soupir tremblant, à moitié perdue dans mon plaisir grandissant.

Il grogna.

— Tu t'es déjà touchée avant, mais as-tu fait ça ? Un autre homme a-t-il déjà contrôlé ainsi ton corps à distance ?

Sa voix prit une gravité qui fit accélérer légèrement les battements de mon cœur.

— Non, c'est une nouvelle première fois pour moi.

Un grondement approbateur viril résonna au bout du fil.

— Bien. Je veux toutes tes premières fois et il y en a tant. Merde, chaton, rien qu'y penser, ça me rapproche de l'orgasme.

Il n'était pas le seul. J'étais si captivée que je ne me rendis pas compte de l'ampleur de son commentaire. Mes respirations devinrent plus superficielles alors que ma main accélérait ses mouvements et qu'un crescendo de sensations se transforma en tempête cataclysmique au plus profond de moi.

— Ne jouis pas tout de suite. Pas avant que je te le dise, ordonna-t-il d'une voix rauque.

— Mais… mais je suis si proche, fis-je en gémissant.

— Pas avant que je te le dise, m'intima-t-il.

— Oh, mon *Dieu*. Bishop.

— C'est ça, chérie. Plonge ton doigt profondément en toi et pense comme ce sera mieux quand je te remplirai à nouveau.

Avec sa voix dans mon oreille, il était impossible de ne pas l'imaginer ici, avec moi. D'imaginer la sensation de son corps au-dessus de moi. La senteur de son eau de Cologne virile envahissant mes poumons. Le pincement de ses dents sur mon téton sensible.

— *Bishop* ! hurlai-je.

— Quel bon petit chaton ! Jouis pour moi et fais-moi entendre tout le bien que je te procure.

Le bruit le plus licencieux et animal que j'avais jamais

émis se fraya un chemin depuis ma gorge tandis que mon orgasme me traversait.

— Oh merde, *oui.*

Le cri exquis de Bishop me parvint aux oreilles, depuis mon portable que j'avais laissé tomber à côté de moi, et je cédai à l'ambroisie qui sillonnait mes veines. Rien d'autre n'existait, en dehors de mon euphorie. Toutefois, après d'innombrables secondes, la voix de Bishop dériva à nouveau à mes oreilles et rappela mon corps sur terre.

— Merde, tu es presque aussi torride par téléphone qu'en personne.

Mon Dieu, j'aimais chacun des mots qu'il prononçait, comme s'il avait une ligne directe vers mes désirs les plus intimes.

Mais pourquoi avait-il parlé de *toutes les premières fois* et avait-il dit que j'étais à lui ? Maintenant que mon cerveau fonctionnait sans qu'un plaisir érotique assaillant m'aveugle, la voix de la raison filtra au-devant de toutes pensées.

Tu es une rabat-joie idiote.

J'aurais préféré plonger ma tête dans le sable, mais ce n'était pas ma personnalité. J'étais plutôt une fonceuse et cette situation devait être réglée.

— Bishop, nous devons discuter.

— Je ne suis pas sûr qu'il y ait grand-chose à dire, chaton.

Bon sang, j'aimais même qu'il m'appelle chaton. C'était un mot doux mièvre dont j'aurais probablement ri si je l'avais entendu dans un film, mais bon sang, il ressemblait à de l'or pur sur sa langue.

— Ah bon ? demandai-je avec un soupçon d'amusement. Et si on parlait du fait que je n'ai peut-être pas envie d'être à toi ?

Était-il possible d'entendre quelqu'un sourire à travers un

téléphone ? Je pouvais jurer que j'entendais ses fossettes se moquer de moi, au loin.

— Je suis presque certain que c'est une affaire conclue, mais si tu veux que je te le prouve, je le ferai.

Sa confiance ne connaissait aucune limite.

— Ce n'est pas un marché conclu, Bishop. Nous nous connaissons à peine.

Sa réponse emplit mes oreilles comme du miel chaud.

— Je te connais mieux que n'importe quel homme ne t'a jamais connue.

— Ce n'est pas… Tu sais ce que je veux dire.

Troublée, je bafouillai.

— Peu importe la manière dont tu vois les choses, la réponse reste la même, déclara-t-il narquoisement. Il est maintenant temps pour toi de te reposer. Fais de beaux rêves, chaton. Je sais que les miens seront déchaînés.

La tonalité résonna, mais j'appelai son nom à plusieurs reprises, pensant qu'il ne venait évidemment pas de laisser tomber la conversation, puis je raccrochai. Cependant, c'était précisément ce qu'il s'était passé.

Bishop était parfaitement têtu et pourtant, il était mignon en même temps. Il me troublait tant que je ne savais pas si je voulais crier ou rire. Peut-être un peu des deux.

Ne souhaitant pas anéantir les restes du contrecoup de mon orgasme, je décidai de m'inquiéter plus tard à propos de Bishop. Il n'irait nulle part, après tout. Il me l'avait clairement fait comprendre.

4

— ALIGNEZ-VOUS POUR FAIRE DES PASSES À DEUX !

La voix du coach de basket de mon frère tonitrua dans le gymnase bruyant.

Je m'étais assise sur les vieux gradins en bois pour regarder l'entraînement de Gabe, cette dernière demi-heure. Papa s'assurait toujours que quelqu'un pouvait rester quand nous avions des entraînements ou des rencontres de club. Maintenant que j'étais plus âgée et que je n'étais plus impliquée dans aucune activité extrascolaire, je veillais sur ma fratrie. Ça ne me dérangeait pas. Gabe grandissait si vite. À douze ans, il faisait déjà ma taille. Je n'étais pas particulièrement grande, mais je me souvenais encore quand il était revenu de l'hôpital, avec son visage bouffi et les orteils les plus minuscules que j'avais jamais vus. Avec huit ans d'écart entre nous, j'avais été assez âgée pour aider à l'élever et j'étais aussi fière que nos parents chaque fois qu'il franchissait un cap.

J'observai les garçons se mettre en position pour l'exercice et sortis mon portable quand il vibra pour annoncer l'arrivée d'un SMS.

Bishop : Comment va Noemi ?

Je n'avais pas vu Bishop depuis deux jours. Ceux-ci avaient été très mouvementés et j'avais donc reçu des messages de sa part dans lesquels il prenait de mes nouvelles. Le lendemain de son apparition lors de ma visite d'appartements, le père de Noemi avait été tué par le mari de cette dernière qui voulait lui sauver la vie. J'étais si soulagée que mon oncle ne fasse plus partie de notre existence, mais cet événement était traumatisant. Noemi et son frère étaient bouleversés.

Moi : Je crois qu'elle va bien. Je ne lui ai parlé qu'au téléphone.

Son époux et elle s'étaient terrés dans leur appartement. Je ne leur en voulais pas. Assister au meurtre d'un parent, bien qu'il soit malfaisant, devait être une expérience horrifiante. Je n'avais cessé de penser à ma cousine ces quarante-huit dernières heures – et je m'étais aussi dit à quel point il était indéniablement adorable que Bishop m'ait contactée tous les soirs.

J'étais certaine que sa famille irlandaise était autant occupée que la mienne à limiter les dégâts. J'avais à peine vu mon père en deux jours.

Bishop : Vos familles étaient proches ?

Moi : Nos mères étaient jumelles, donc oui. Mais nous n'étions pas proches de son père, si c'est ce que tu demandes. Il n'était jamais vraiment présent.

Bishop : Pas même ton père ?

Je ne savais pas vraiment où il voulait en venir. Était-ce simplement de la curiosité ou recherchait-il des informations ?

Moi : Non. Mon père peut être un peu imposant, mais il ne ressemble pas du tout à Fausto. Ils n'étaient pas amis.

Moi : C'est pour ça que tu m'as envoyé un SMS ? Pour me poser des questions sur ma famille ?

Je souris narquoisement en envoyant le message. Le provoquer était bien plus amusant que cela aurait dû l'être.

Bishop : Attention, chaton. Tu vas te faire fesser à cause de ton impertinence.

Seigneur. Mon cœur plongea tel un cygne au fond de mon ventre.

Moi : Ce sera peut-être un peu gênant, au milieu de l'association des jeunes. J'ai entendu dire qu'ils étaient contre les fessées.

Si je ne contrôlais pas mon sourire idiot, les gens autour de moi allaient croire que j'étais démente.

Bishop : Qu'est-ce que tu fous à l'association ?

Moi : Je suis à l'entraînement de basket de mon frère.

Mon regard alterna entre mon cadet et mon téléphone les dix prochaines minutes alors que j'attendais une réponse. Lorsque je me rendis compte que j'agissais comme une crétine éprise, je jetai rapidement mon portable dans mon sac à main.

Mais qu'est-ce qui n'allait pas chez moi ? Quelle magie vaudou Bishop utilisait-il pour me bouleverser si facilement ? Je ne voulais même pas d'une relation avec ce gars. Pourquoi cela aurait-il de l'importance s'il m'appelait ou m'envoyait un SMS ?

Je laissai lourdement échapper un soupir frustré et posai mon menton sur ma main, mon coude appuyé sur un genou.

— Ça ne peut pas être *si* horrible.

La voix amusée de Bishop me submergea alors qu'il se baissait à côté de moi pour s'asseoir sur le banc.

Je me redressai subitement.

— Qu'est-ce que tu fais là ?

Ma question paraissait peut-être accusatrice, mais intérieurement, j'étais consumée par l'euphorie.

— Je partais à ma salle de sport, qui s'avère être près d'ici. Je me suis dit que j'allais passer.

— Mais il y a deux douzaines d'associations dans cette ville. Comment savais-tu dans laquelle je me trouverais ?

— C'est la plus proche de la maison de tes parents, répondit-il avant de hausser les épaules. J'aurais pu me tromper, mais ça ne m'aurait pris que quelques minutes de mon temps.

Je me détendis lentement, la poussée d'adrénaline s'atténuant.

— Tu as l'habitude de te pointer sans prévenir. Devrais-je m'inquiéter ?

Il me gratifia d'un rictus diabolique.

— Absolument.

Je secouai la tête, ravalant un sourire.

— Alors, qui regardons-nous ?

— Celui qui porte le maillot rouge, dis-je en montrant mon frère sur le terrain.

— Tu viens toujours à ses entraînements ?

— Non. Maman l'emmène, d'habitude.

Bishop s'enfonça sur sa chaise et posa les bras sur le gradin derrière nous.

— Cet endroit me rappelle des souvenirs.

— Tu joues ? lui demandai-je.

— Tous les jours quand j'étais gamin. Ce n'était pas dans la même association, mais elles sont toutes similaires. Nous avions aussi un terrain en extérieur, près de la maison de mes parents, et j'y allais souvent.

— Tu joues toujours ?

— Pas régulièrement, répondit-il avec un soupçon de remords. Généralement, si j'ai le temps, je boxe.

— Si tu aimes le basket, pourquoi choisir la boxe ?

— J'avais besoin de savoir comment me protéger et je suis tombé amoureux de ce sport. Il n'y a pas de meilleure manière d'évacuer le stress.

Son regard se riva sur moi.

— Enfin, il y en a peut-être une.

Le crépitement électrique grandissant entre nous était vertigineux. Nous avions beau être dans un gymnase puant, entourés d'inconnus, cette maudite alchimie entre nous refusait de se dissiper.

Je fis pivoter mon visage désormais écarlate vers les garçons alors qu'ils achevaient leur entraînement.

— On dirait qu'aucun autre entraînement n'est prévu sur ce terrain, remarqua Bishop en jetant un coup d'œil à la ligne de touche. Il se trouve que je suis habillé pour l'occasion. Je pourrais te montrer quelques mouvements.

Oh, c'était trop bon. Je ne pouvais laisser passer cette opportunité.

— Je ne suis pas sûre qu'un jean et un T-shirt soient des vêtements de sport. En plus, je ne voudrais pas te retarder, lui suggérai-je, ne souhaitant pas avoir l'air impatiente.

— Il n'y a aucun autre endroit où j'aimerais être.

Ce salaud effronté me fit un clin d'œil et *mon Dieu*, j'adorais ça.

J'envoyai un SMS à notre chauffeur pour lui indiquer que Gabe et moi restions un peu plus longtemps, puis je descendis les gradins.

— Gabe, voici Bishop. Bishop, voici mon frère, Gabriel.

— Gabe. Juste Gabe, me corrigea mon cadet.

Je lui adressai un petit sourire, sachant qu'il détestait être appelé par son prénom complet.

— Ravi de te rencontrer, Gabe, dit Bishop alors qu'ils se serraient la main. Je jouais au basket, avant, et je me suis dit que, comme j'étais déjà là, on pourrait faire une partie de HORSE, ou d'autre chose. On pourrait montrer à ta sœur comment mettre un panier.

Le regard de Gabriel se riva sur le mien et je le fis rapidement taire en écarquillant les yeux.

— Ouais, ça m'a l'air génial, répondit mon frère avec un large sourire.

— HORSE, comme cheval ? demandai-je. Pourquoi un match de basket-ball porterait-il le nom de cheval ?

— C'est simplement le terme qu'on utilise. Chaque fois que quelqu'un marque un panier, les autres doivent tirer depuis le même point. Ceux qui loupent ajoutent une lettre au mot « horse » à leur score. Le premier qui obtient toutes les lettres pour épeler HORSE perd.

— Compris, répondis-je en hochant sagement la tête. Alors, où commençons-nous ?

Bishop dribla et me lança un ballon.

— Tu choisis n'importe quel endroit d'où tu penses marquer facilement un panier. Si tu n'y arrives pas, Gabe tentera un tir de l'endroit qu'il aura choisi. Mais si tu *arrives* à mettre un panier, alors ton frère et moi essaierons du même endroit. Si l'un de nous ne met pas de paniers, alors nous obtiendrons la lettre H.

— Génial. D'accord. Voyons voir.

Je calai le ballon contre ma hanche et déambulai jusqu'au terrain. Tout d'abord, je songeai à un emplacement à quelques mètres sous le panier de basket avant de migrer un peu plus loin. Et encore plus loin. Jusqu'à me retrouver derrière la ligne à trois points. J'eus un mouvement d'épaules.

— Ça m'a l'air bien.

Bishop haussa les sourcils jusqu'à ses boucles brunes.

— Tu en es sûre ?

— C'est juste pour nous amuser, n'est-ce pas ?

Je driblai un moment avec le ballon, observai le panier, puis effectuai un parfait tir à trois points. Il arriva pile-poil dans le filet.

Bishop éclata de rire.

— Oh bon sang, je me suis fait arnaquer comme un bleu. Je suis surpris que tu n'aies pas essayé de miser de l'argent sur le match.

— Je n'ai pas besoin de ton argent. Ta fierté me suffira.

Je lançai le ballon à Gabe, dont le sourire s'étirait d'une oreille à l'autre.

— À toi d'envoyer. Montre-lui ce que tu as dans le ventre.

Nos natures compétitrices firent durer le match une bonne demi-heure, emplie de cris et de stratagèmes. Mais, à la fin, je remportai la partie et me délectai de chaque seconde.

— Tu as joué combien de temps ? me demanda Bishop alors que nous récupérions nos affaires.

— Pendant toute ma scolarité.

— Tu devrais rejouer de temps en temps.

Je haussai les épaules.

— Peut-être.

Ce jeu avait été amusant, mais j'essayais de pousser mes parents à me considérer comme une adulte et jouer au basket n'aiderait pas ma cause, de toute évidence.

Réalisant que Bishop prévoyait de nous raccompagner à l'extérieur, je marquai une pause dans l'entrée.

— Tu devrais probablement attendre ici. Notre chauffeur n'a pas besoin de voir que nous avions de la compagnie.

— Ma présence est un problème ?

L'anxiété assombrit ses traits.

Je ne voulais pas qu'il s'inquiète, mais je n'étais pas prête à répondre à des questions que me poserait mon père sur lui.

— Écoute, c'était amusant, mais je t'ai dit que je ne recherchais rien.

— Moi non plus, mais parfois, tu finis à un endroit où tu n'aurais jamais dû aller.

Quelle brute impossible ! J'avais envie d'écraser mes poings contre son torse et de lui ordonner de me laisser tranquille, pendant que je l'embrasserais absurdement.

Je me contentai plutôt de secouer la tête, perplexe.

— Bonne nuit, Bishop.

— Bonne nuit, Pip.

Un sourire séduisant se dessina lentement sur son visage.

— Fais de beaux rêves.

Ses mots étaient comme une caresse voluptueuse et sinistre qui liquéfiait mes tripes.

Comme s'il savait exactement à quel point il m'affectait, ses iris se muèrent en mélasse liquide.

J'étais franchement dans de beaux draps.

— SALUT, PIP. ÇA TE DÉRANGE SI J'ENTRE ?

Mon père se tenait dans l'embrasure de la porte ouverte de ma chambre. Ce n'était pas dans ses habitudes de venir me chercher. Il était occupé et n'était pas du genre à intervenir dans nos vies. Ainsi, son apparition inattendue me rendit instantanément curieuse.

— Bien sûr, entre.

J'étais en train de faire défiler l'écran de mon téléphone, tentant d'ignorer que je n'avais pas eu de nouvelles de Bishop depuis deux jours. Ou, plus précisément, j'essayais d'ignorer qu'une part de moi était déçue que je n'aie pas eu de nouvelles de lui ces deux derniers jours. Je ne savais pas comment une seule personne pouvait être si partagée. Si de nouvelles voix se mettaient à résonner parmi celles qui se trouvaient dans ma tête, j'allais me retrouver enfermée dans une petite cellule capitonnée toute mignonne.

— Qu'y a-t-il ?

Papa s'assit au bord de mon lit et me regarda curieusement.

— Un jeune homme est venu me rendre visite aujourd'hui. Il a dit que, vous deux, vous vous fréquentiez.

Il n'avait pas fait ça. Il ne le ferait pas.

Je grimaçai intérieurement.

Ne le ferait-il pas ? Ne s'était-il pas fait parfaitement comprendre ? Pourtant, j'étais ébahie.

Papa poursuivit sans remarquer ma stupéfaction :

— Pourquoi ne nous as-tu pas dit que tu voyais quelqu'un ? Et un Irlandais, rien de moins.

J'entrouvris les lèvres, mais rien n'en échappa. Je ne savais pas du tout quoi dire ou comment l'expliquer.

Eh bien, papa. Nous avons eu un coup d'un soir, alors je me suis dit que ça ne valait pas la peine de le mentionner.

Bien sûûûr. Mon père n'avait jamais levé la main sur moi de toute ma vie, mais cette déclaration pourrait faire l'affaire.

— Nous ne nous sommes vus que quelques fois.

Je décidai qu'il était assez raisonnable de l'admettre.

— Je ne suis pas ravi qu'il soit irlandais, mais vous connaissant, Noemi et toi, je n'aurais pas dû être surpris. Vous deux, vous avez toujours été comme des jumelles plutôt que comme des cousines. Étant donné qu'elle est mariée à l'un d'eux, j'aurais dû savoir que tu en ferais de même, grommela-t-il péniblement.

— Nous n'allons *pas* nous marier, lui assurai-je.

— Eh bien, je veux simplement que tu saches que je ne le désapprouverais pas.

Je me renfrognai vigoureusement en scrutant mon père.

— Je ne comprends pas. Quand j'étais à l'école, tu faisais tout ce qui était en ton pouvoir pour m'empêcher d'avoir un petit ami. Et maintenant, subitement, ça ne te dérange plus ?

— Ce n'était pas le fait que tu aies un petit ami qui me dérangeait, en soi. Simplement, il n'y avait aucun intérêt à ce que ces garçons reniflent ce qu'ils ne pouvaient avoir. Je ne comptais pas te laisser t'enticher d'un con, futur comptable ou vendeur d'assurances, qui ne pourrait pas te protéger. Ils ne connaissent rien à notre mode de vie. Bishop peut prendre soin de toi, même si c'est un putain d'Irlandais.

Il avait presque dit cette dernière phrase dans sa barbe.

J'étais légèrement stupéfaite, mais pas distraite au point d'oublier ce qui avait lancé cette petite conversation.

— De quoi avez-vous parlé, exactement, Bishop et toi ?

— De pas grand-chose, mais il m'a demandé la permission de te faire formellement la cour, ce que je respecte. En revanche, j'aurais préféré entendre ça de ta bouche.

— Je suis désolée, concédai-je à contrecœur.

Techniquement, je continuais d'affirmer que ça ne le regardait pas du tout.

— Alors, que lui as-tu dit ?

Si ces deux hommes avaient déjà commencé à parler de mariage, quelqu'un allait perdre un œil et ce ne serait pas moi.

Papa attendit que je reporte mon regard sur lui pour répondre.

— J'ai dit que je n'avais aucune objection, tant que c'est ce que tu souhaites.

Mon estomac fit sa meilleure imitation de bretzel jusqu'à ce que je le sente monter dans ma gorge. J'étais si partagée. J'aimais beaucoup Bishop, mais le but de nos ébats était de découvrir la vie, pas de me lier encore plus rapidement à quelqu'un. Épouser le premier homme avec qui je couchais était précisément ce que j'avais essayé d'éviter.

Mon père se crispa quand je ne répondis pas immédiatement.

— Tu n'as qu'un mot à dire et je m'assurerai que ce mec ne te dérange plus jamais.

— Non ! rétorquai-je. Ce n'est pas exactement ça. Tout se passe si rapidement. Je suis confuse, c'est tout.

Je ne voulais pas que Bishop me pousse à me mettre en couple, mais je ne souhaitais pas non plus que mon père lui fasse du mal. Mon corps tout entier se recroquevilla quand j'y songeai.

— Tu n'as pas besoin de faire quoi que ce soit, si tu n'es pas à l'aise, Pip.

— Je sais, papa. Merci.

Il soupira lourdement.

— J'imagine que j'aurais dû te parler avant de l'inviter à dîner.

— Dîner ? Ce soir ?

Bishop venait manger avec ma famille ce soir ?

Papa se leva.

— Tu as raison. C'est trop rapide. Je vais lui passer un coup de fil et lui dire que nous devons remettre ça.

Je levai instinctivement la main pour m'agripper à l'avant-bras de papa.

— Non, ce n'est rien. J'étais simplement surprise.

Revoir Bishop après deux jours de silence était bien trop

tentant. L'envie d'avoir sa présence enivrante était trop tentante. Je ne pouvais le rejeter.

— Si tu en es sûre. Il sera là dans une heure.

Papa scruta mon visage comme s'il cherchait une trace de doute.

Je souris légèrement.

— D'accord. Merci, papa.

J'étais ravie que mon père soit de mon côté, même s'il était parfois autoritaire. Il ne pensait jamais à mal.

Papa tapota doucement la minuscule fossette sur mon menton avant de me laisser avec mes réflexions étourdissantes.

Bishop avait parlé à mon père dans mon dos. Il avait méprisé mes objections, puis il avait *impliqué* mes parents sans aucune considération quant à ce que je ressentirais potentiellement.

Plus j'y songeais, plus j'étais en colère.

Ce trouduc sournois avait essayé de me forcer la main en s'insérant dans l'équation. J'appréciais ce mec plus que je n'aurais dû, mais il devrait apprendre que je n'étais pas l'objet d'une négociation. J'avais des pensées, des sentiments et des désirs, et ils n'aimaient pas qu'on leur manque de respect. S'il voulait me conquérir, mon opinion était la seule qui comptait. Pas celle de ma mère. Pas celle de mon père. La mienne. Et on ne me forcerait pas à accepter moins que ça.

Bishop devait comprendre que je n'étais pas le pion sur son jeu d'échecs ou même le roi ou la reine. J'étais son adversaire, de l'autre côté de la table. Nous avions tous les deux des parts égales dans ce jeu, et la triche ne serait pas tolérée, ce qui était exactement ce qu'il avait fait quand il était allé parler à mon père dans mon dos.

J'avais besoin de lui transmettre un message pour lui dire

qu'il avait merdé, pour lui montrer qu'il n'était pas le seul à pouvoir jouer à la déloyale.

Réfléchissant rapidement, je composai le numéro d'un vieil ami du lycée. Grâce à papa et à mon amour pour le basket, voilà tout ce qu'étaient les mecs de mon ancienne école. J'avais été la reine de la Friendzone. J'avais détesté ça, à l'époque, mais cela signifiait que j'avais été acceptée dans le groupe des gars et il était enfin temps de profiter de cette désignation malheureuse.

— Pipsqueak ! Ça faisait longtemps.

Un sourire radieux illumina mon visage.

— Salut, Archer. J'ai besoin d'un service.

LA NON-VIOLENCE ÉTAIT PEUT-ÊTRE UNE ÉTRANGE caractéristique pour un boxeur, mais c'était l'expression que j'aurais utilisée pour me décrire. Je ne me mettais pas facilement en colère et je n'étais certainement pas assoiffé de sang. J'aimais la compétition, l'épuisement physique et la stratégie nécessaire pour assumer un combat à un contre un. C'était moi, en résumé, mais à la seconde où je pénétrai dans le salon des Revello et posai les yeux sur Pippa, assise à côté d'un autre homme, je vis rouge – un pourpre fulgurant et bouillonnant apparut aux coins de mon champ de vision.

Gino Revello se figea à mes côtés sous l'arche de l'entrée.

— Pippa, je ne m'étais pas rendu compte que nous avions un autre invité. Tu devrais peut-être nous présenter.

Chaque mot était teinté d'une irritation presque imperceptible pour une oreille novice. Presque.

Elle sourit, imperturbable, comme si la tension soudaine dans la pièce avait été son plan depuis le début. Quel était son but ? Préparait-elle une déclaration pour son père ou pour moi ? Si j'étais sa cible, elle allait devoir apprendre une chose ou deux à propos de la volonté de fer des Bohanan. Je vivais pour le challenge, et les facéties de Pippa ne faisaient que m'encourager. Si elle essayait de me dissuader, elle s'y était vraiment mal prise.

— Je suis réellement désolée, papa. Archer s'apprêtait à retourner à la fac et c'était la dernière soirée où nous pouvions rattraper le temps perdu. J'espère que ça ne te dérange pas.

Elle posa une main sur l'épaule du salaud, ses mots suintant d'une innocence mielleuse.

Je fis un pas en avant et tendis la main vers Archer.

— Plus on est de fous, plus on rit, je dirais. Je m'appelle Bishop.

Mon sourire était quasiment carnassier, mais je ne pouvais m'en empêcher. Ce serait amusant.

— Monsieur Revello, j'espère que je ne m'incruste pas, suggéra-t-il à l'égard de Gino d'une voix se brisant sous la pression.

Ce mec n'était pas un rival. À vrai dire, cette idée était suffisamment risible pour temporiser ma mauvaise humeur.

— Pas du tout, lui assura Gino. Les invités sont toujours les bienvenus.

Il se tourna vers moi avec un sourire pincé.

— Je vous en prie, asseyez-vous.

Il me fit un geste de la main vers la chaise vide à côté de celle où sa femme s'installerait supposément. Directement face à Archer. Parfait.

Je pris place et remarquai que Pippa jouait avec ses cheveux – signe de nervosité. Jusqu'ici, elle avait fait semblant d'être audacieuse, mais l'incertitude la rongeait de l'intérieur. J'admirais ses efforts. Elle était si déterminée à suivre son propre chemin. Peu de gens se connaissaient avec une telle conviction et restaient fidèles à eux-mêmes.

À contrecœur, j'arrêtai de me concentrer sur Pippa pour me focaliser sur son *ami*.

— Alors, Archer, comment connaissez-vous Pippa ?

— Nous étions amis à l'école. Nous faisions tous les deux du basket, alors on se voyait pendant les entraînements.

Son regard se riva brièvement sur Gino avant qu'il gigote sur sa chaise.

Pippa but une gorgée de vin.

— Tu l'aurais rencontré avant, papa, si tu n'avais pas refusé si strictement que je sorte avec quelqu'un.

Archer haussa les sourcils en lui jetant un coup d'œil, surpris. Il se reprit rapidement, mais les dégâts avaient déjà été causés. Ces deux-là n'avaient nullement été intimes. Avait-il eu envie de sortir avec elle ? Pourquoi n'avait-il pas insisté ? Leur situation était intrigante, d'une manière morbide et écœurante. Si je n'avais pas su que Pippa était vierge avant de me rencontrer, l'incertitude de leur passé m'aurait rongé.

— Je suis navrée pour le retard.

Mme Revello arriva dans la pièce avec un plat fumant de pâtes entre les mains.

— Le dîner est prêt.

Elle posa le tout sur la table, suivie par deux adolescentes qui en firent de même avec les assiettes qu'elles apportaient.

Gino se leva.

— Lauretta, voici Bishop Bohanan et… Archer… Je suis désolé. Je ne me souviens pas de votre nom de famille.

— Worthington.

Il fit un signe de tête en direction de Lauretta.

— C'est un plaisir de vous rencontrer.

Le regard de la mère de Pippa alterna entre Archer et moi.

— Oh, oui. Ravie de faire votre connaissance, tous les deux. Euh, Ari, s'il te plaît, va chercher ton frère.

L'aînée des deux filles quitta la pièce tandis que l'autre s'asseyait à côté d'Archer, laissant un rideau de cheveux former une barrière entre eux. Elle était visiblement la plus timide de la fratrie.

— Vous avez une belle maison, madame Revello, lui dis-je.

Elle sourit chaleureusement.

— Eh bien, merci. Puis-je vous offrir un verre de vin ?

— Laissez-moi faire, je vous en prie.

Je me levai et pris la bouteille au centre de la table, lui donnant une bonne rasade avant de me servir un verre.

— Hé, Bishop !

La voix tonitruante de Gabe résonna dans mon dos quand il pénétra dans la pièce.

Je reposai le vin et m'éloignai de ma chaise, tendant la main pour cogner son poing.

— Quoi de neuf, mec ?

Gabe rayonnait, clairement ravi d'être traité en égal.

— Pas grand-chose.

— Vous vous êtes déjà rencontrés ? demanda Gino.

— Bishop est venu à l'entraînement, l'autre jour, et Pip lui a donné une bonne leçon, expliqua-t-il en souriant. Tu aurais dû la voir. C'était génial.

Archer rit et je dus m'empêcher de le fusiller du regard.

— Ouais, eh bien, maintenant que je connais son penchant pour l'*arnaque*, je ferai plus attention, à l'avenir.

Mon attention dévia vers Pippa, une arnaque bien différente se manifestant dans mon esprit. Ses pensées avaient dû la mener à la même conclusion, car une teinte rouge vint réchauffer ses joues.

Elle s'éclaircit la voix.

— C'est bien de garder quelques atouts dans sa manche. On ne sait jamais quand quelqu'un essaiera de nous prendre de court.

Son commentaire était censé être blessant, mais j'étais plutôt amusé.

Je levai mon verre, sans jamais la quitter du regard.

— Un bon principe de vie, selon moi.

Archer gigota. À nouveau.

Mme Revello se redressa sur sa chaise.

— Maintenant que nous sommes tous là, mangeons.

Elle fit un signe de la main en direction de la nourriture et nous commençâmes à nous servir. L'heure suivante fut passée à discuter poliment, la conversation se focalisant souvent sur Archer, grâce à mes efforts répétés pour maintenir les projecteurs braqués sur lui. Le dîner ne s'était pas vraiment déroulé comme je l'avais imaginé, mais il était tout de même infiniment divertissant. Quand nos assiettes à dessert furent immaculées, je me disais qu'Archer aurait payé n'importe quelle somme d'argent pour être ailleurs que dans cette salle à manger.

— Excusez-moi un instant, dit Pippa. Je dois aller aux toilettes.

Elle se faufila hors de la pièce et je la suivis du regard.

Gino se leva également.

— Pourquoi n'allons-nous pas dans le salon pour boire un expresso ou peut-être de la grappa ?

— Ça me semble parfait. Je dois passer un petit coup de fil et je reviens tout de suite.

Je hochai la tête d'un signe appréciateur, puis suivis Pippa. Ma véritable intention était évidente, mais je m'en moquais. À vrai dire, je préférais que tout le monde dans la pièce sache exactement où je me dirigeais.

J'attendis mon vilain chaton devant la salle de bains et à la seconde où elle ouvrit la porte, je forçai le passage à l'intérieur.

— Mais qu'est-ce que tu crois faire, là ? lança-t-elle, une fois que la porte fut fermée derrière moi.

— Je te dis un mot en privé.

Je m'approchai. Elle recula et ses fesses heurtèrent le lavabo.

— Eh bien, tant mieux, parce que j'ai une chose ou deux à te dire. Tu ne peux pas annoncer à mon père que nous nous fréquentons et te faire inviter pour le dîner. Ce n'est pas comme ça que ça marche.

Un champ de force invisible nous rapprochait tous les deux et m'attirait vers elle.

— Rien de ce qu'il y a entre nous n'est normal, Pip. Jamais de ma vie je n'ai rencontré une femme qui me fuyait comme toi.

Elle croisa les bras et releva le menton.

— Eh bien, tu dois t'y habituer, parce que je ne suis pas intéressée.

— Qu'est-ce qui ne t'intéresse pas ? Moi ? Parce que ton corps n'est pas d'accord.

Mon regard descendit le long de son cou, passa sur son pouls palpitant et parcourut lentement le gonflement parfait de sa poitrine pressée contre le bord du décolleté rond de sa robe. Je n'eus même pas besoin de la toucher pour qu'un frisson traverse tout son corps.

Un éclat de colère renouvelé enflamma mes veines. J'avançai et appuyai mon corps contre le sien.

— Pourquoi, Pip ? Pourquoi te bats-tu contre ça, bordel ?

Elle décroisa les bras et se raidit comme pour un combat, avant de se détendre, contre toute attente.

— Je t'ai dit que je ne voulais pas être liée à qui que ce soit, déclara-t-elle doucement d'une voix qui trahissait sa vulnérabilité.

Je voulais être gentil avec elle, mais je détestais ce qu'elle impliquait.

— Liée ? Tu veux dire, *coincée* avec un homme ? Cela sous-entend que tu veux te taper d'autres personnes et je t'ai déjà dit que tu étais à moi.

— Je ne suis *pas* à toi, Bishop.

Son regard me supplia, mais elle ne trouverait aucune compassion chez moi.

Je me penchai et posai ma joue contre la sienne, une main sur sa taille et l'autre ouverte sur le lavabo derrière elle.

— Tu savais que la première personne qui découvre une étoile a le droit de la nommer comme elle le souhaite ?

Elle demeura silencieuse une seconde avant de tourner lentement la tête d'un côté, puis de l'autre.

— Non, mais je ne suis pas une étoile, Bishop. Tu ne peux pas me posséder.

— Personne ne possède les étoiles, chérie. Tout le monde

peut les admirer de loin, mais cet homme dont les yeux ont repéré pour la première fois cet éclat brillant de lumière et l'ont reconnu comme un trésor... cet homme aura toujours un lien spécial avec cette étoile.

Ma main remonta jusqu'à effleurer le dessous de sa poitrine.

Son dos se cambra involontairement et son corps se plaqua un peu plus contre le mien. Lorsque ses lèvres s'entrouvrirent sur une inspiration tremblante, je saisis l'occasion. Nos bouches se joignirent comme deux moitiés d'un tout, parfaitement moulées l'une pour l'autre. Une joie sauvage emplit mon cœur à cause de sa manière éhontée de réagir à mon baiser. Elle ne se détendit pas seulement entre mes bras. Pippa répondit à ma faim avec son propre besoin vorace.

Lorsque je reculai enfin pour respirer, nous étions tous les deux à court de mots.

— Nous devrions probablement y retourner, murmura-t-elle.

Je caressai sa joue du pouce, voulant mémoriser la façon dont elle me regardait quand elle était adoucie et enivrée par un baiser. Ses lèvres étaient encore légèrement enflées, et ses joues, roses. Personne, dans cette pièce, ne douterait de ce que nous avions fait. Exactement ce que j'avais prévu.

— J'espère que tu ne crois pas que ça signifie que je te pardonne, chuchota-t-elle sans que ses mots ne soient teintés d'aucune agressivité.

— Pas même dans mes rêves, répondis-je avec un rictus narquois. Viens, maintenant. Il est temps de retrouver les autres.

Un sourire satisfait réchauffa mon visage lorsque j'arrivai dans le salon, où tout le monde s'était réuni pour le digestif.

Quand l'hésitation ralentit les pas de Pippa, je posai une main possessive dans le creux de ses reins.

— Pourquoi ne servirais-tu pas un verre à ton invité ?

Je fixai du regard les yeux d'Archer, qui ne cillait pas, avant de lui faire un clin d'œil.

— Hm, oh. Oui. Désolé, Archer. Puis-je…

L'homme bondit du canapé et rougit.

— En fait, il faut vraiment que j'y aille.

Il se tourna vers Mme Revello et la remercia pour le dîner.

— Et vous aussi, monsieur Revello. C'était très bien, mais je dois y aller.

Je fronçai les sourcils pour feindre la déception.

— Vous en êtes sûr ? Il est encore tôt.

Il lança un regard blessé à Pippa avant de hocher la tête.

— Oui, j'ai un rendez-vous hors de la ville, demain. Il faut que je finisse de préparer mes affaires.

Il me fit un signe de la main et rejoignit l'entrée en baissant les yeux. Pippa se précipita à sa suite, sans doute pour s'excuser, mais je ne m'inquiétais pas. Mon travail était terminé. Et après ce baiser, je me sentais bien plus charitable. Je ne pouvais qu'espérer que Pippa commence à se raviser.

Jamais de ma vie je n'avais rencontré une fille si déterminée à m'échapper. Surtout quand son corps répondait à chacun de mes ordres. Mon chaton était un peu féroce, mais j'allais lui montrer à quel point c'était agréable d'être possédée. Appartenir à un homme pouvait être une certaine forme de liberté – grâce à la protection, l'adoration, le soutien et la compagnie. Je serais son tout si elle me laissait faire.

PIPPA RÉPONDIT à mes SMS la semaine suivante, mais d'une façon des plus sommaires. C'était affolant, je n'avais jamais connu ça, avant. J'avais cru que le dîner serait sa dernière preuve de résistance et j'avais essayé de lui laisser de la place pour qu'elle s'habitue à ma présence. J'imaginai que ça ne fonctionnait pas.

— Merde, tu vas me casser la main.

Callum retira la patte d'ours qu'il portait et secoua la main. Il était un ami de longue date et passait presque autant de temps que moi à la salle de sport. Tour à tour, nous enfilions les pattes d'ours pour nous entraîner, mais cette fois-ci, mes pensées m'avaient emporté.

— Désolé, mec. J'ai un tas de trucs en tête.

— La fille.

Il me gratifia d'un petit sourire.

Malheureusement.

J'attrapai mon portable et confirmai qu'elle n'avait toujours pas répondu à mon message de ce matin. Toute une fichue journée et rien.

— Tu ne l'intéresses peut-être pas tant que ça.

Je lui lançai un regard glacial.

— Tu es sur une putain de corde raide.

Callum leva les mains en guise de reddition.

— Je dis seulement que ce n'est peut-être pas censé arriver. C'est la bonne fille, mais pas au bon moment, quelque chose de ce genre-là.

— Je crois qu'elle ne sait même pas ce qu'elle fuit. Elle a simplement peur de ce qui pourrait arriver. C'est la raison pour laquelle je n'abandonne pas, parce que je sais que c'est infondé. Je ne prévois pas de faire d'elle une femme au foyer et la mère d'une famille nombreuse.

— Tu es sûr que tu ne lui cours pas après uniquement parce qu'elle te fuit ? demanda-t-il d'un air méfiant.

— Je ne crois pas, mais qui peut bien le savoir ?

J'essuyai mon visage avec l'une des serviettes non loin.

— Je vais prendre une douche et rentrer à la maison.

Il leva le poing et le cogna contre le mien.

— Bonne chance, mec. Je dois dire que je ne t'envie pas.

Je grimaçai en m'éloignant. Je me tapais peut-être la tête contre le mur, mais je n'arrivais manifestement pas à m'arrêter. Mon instinct me disait de me battre pour elle et il ne m'avait jamais fait défaut. Je n'avais jamais abandonné facilement quand je pourchassais quelque chose et ce n'était pas le moment de commencer. Je trouverais un moyen de montrer à Pippa que j'étais exactement ce qu'elle voulait – ce dont elle avait besoin – et rien ne me freinerait ; mes doutes, encore moins.

Deux heures plus tard, j'étais douché et je faisais les cent pas dans mon salon. Pippa ne m'avait toujours pas envoyé de SMS. Je cédai et composai son numéro, résolu à l'appeler. La tonalité résonna six fois avant que sa boîte vocale me réponde.

Nom de Dieu.

Il était presque vingt-deux heures en ce vendredi. Pouvait-elle être si occupée que ça ou m'ignorait-elle simplement ? Je m'étirai le cou d'un côté, puis de l'autre. Je n'avais jamais été aussi tendu que je l'avais été toute la semaine.

Du moins, c'est ce que j'avais cru.

Quelques secondes après cet appel manqué, le numéro de Conner apparut sur mon écran.

— Quoi de neuf ? demandai-je tandis que l'inquiétude rendait ma voix plus sèche.

Je n'étais pas censé travailler cette nuit-là, un appel de Conner me mettait donc sur les nerfs. Quelque chose s'était-il produit au club ? Nous gérions un cercle de jeu clandestin valant plusieurs millions de dollars, dissimulé sous une façade connue comme le club *Bastion*. Nos activités passaient généralement inaperçues, mais de temps à autre, les choses devenaient risquées.

— Rien, grommela-t-il. Absolument rien, putain.

Je grimaçai, confus.

— Rien ? Mais qu'est-ce qui ne va pas chez toi ?

Cela ne lui ressemblait pas d'appeler sans raison.

Conner soupira bruyamment.

— Noemi et Pippa voulaient sortir ce soir. Je les ai laissées aller au *Lavo*, tant qu'elles emmenaient Shae, mais ça ne m'enchante pas.

Pippa était au putain de *Lavo*, l'un des clubs les plus chauds de Manhattan ? Chaque muscle dans mon corps se contracta au point de craquer.

— Mais qu'est-ce qu'elles foutent là-bas ?

— Hé, ne me crie pas dessus. C'est ta copine qui a insisté pour que les filles sortent ce soir.

Ma copine. Ça n'aurait pu être plus loin de la vérité. J'aurais plus de chance d'attraper de la fumée que Pippa Revello. Seigneur.

Ça suffit. Plus de conneries. Il était temps de faire un ultime effort pour la conquérir. Pour lui prouver que je pouvais lui accorder tout ce dont elle avait besoin. Et si elle ne voulait pas ce que j'avais à lui offrir, j'admettrais enfin que ça ne fonctionnerait pas.

Elle souhaitait découvrir le monde. J'allais le lui donner.

— Peu importe. Je dois y aller.

Je lui raccrochai au nez. Sans perdre de temps, je contactai Callum.

— Ouais ? répondit-il alors qu'une forte musique résonnait dans le fond.

— Il faut que tu passes chez moi ! aboyai-je.

— Quoi ? J'ai des plans, ce soir.

— Annule-les et ramène ton cul chez moi.

J'attrapai mes clés, expliquant ce dont j'avais besoin de sa part alors que j'avançais vers l'ascenseur.

Certaines personnes discutaient sérieusement des situations compliquées, tandis que d'autres faisaient la tortue – elles se recroquevillaient dans leurs carapaces et géraient ça en interne. J'étais une tortue. Quand les circonstances me submergeaient, je m'éloignais de mes amis et de ma famille afin de faire le tri dans mes pensées et mes sentiments. Maman disait que je disparaissais dans ma grotte.

Mes émotions conflictuelles concernant Bishop m'avaient poussée à faire la tortue. J'avais passé une bonne semaine, perdue dans ma tête, à essayer de décider quoi faire et ce que je ressentais. Je songeais à ce que je souhaitais de la vie et à ce que cela signifierait si Bishop faisait partie du voyage. J'avais l'impression que mon cœur trouvait des moyens de rationaliser une relation avec lui. Mon côté indépendant se sentait trahi – comme si j'avais cédé à la pression sociale pour m'accrocher à un homme – et m'agacer à cause de mes sentiments n'arrangeait rien.

Chaque jour qui passait, cependant, je me rapprochais d'une décision. Je ne pouvais nier que j'avais envie d'accorder une chance à Bishop. La part de moi qui avait eu une terrible soif d'aventure et de libertés se sentait vaincue. Pour me rassurer sur le fait que j'étais toujours moi et qu'aucun homme ne pouvait m'enlever ça, je choisis d'entraîner Noemi en boîte de nuit avec moi. Ce n'était que la deuxième fois que nous avions réussi à aller dans un club et c'était rendu possible grâce à une femme du nom de Shae. Elle appartenait à l'organisation irlandaise et était un genre de battante et de dure à cuire. Le mari de Noemi avait insisté pour que nous l'emmenions en guise de protection, ce qui n'était pas un problème pour moi, car Shae était merveilleuse. Et avec elle, j'avais pu parler de mes plans à mon père plutôt que de filer en douce, dans son dos, comme j'avais dû le faire précédemment. Une fois que papa sut que Conner faisait suffisamment confiance à Shae pour protéger Noemi, il fut d'accord pour me laisser sortir sans ma propre escorte.

Je portais une robe blanche extensible qui moulait mes courbes et s'arrêtait juste sous mes fesses. Mon bronzage n'en était que plus spectaculaire et me conférait assez d'assurance pour cacher le fait qu'intérieurement, j'avais l'impression d'être en train de dérailler.

Sois l'énergie que tu veux attirer. J'avais lu cette phrase sur Instagram et elle avait touché une corde sensible. Si je projetais mon indépendance et ma confiance, j'attirerais ces qualités autour de moi, du moins, c'était ce que disait Internet. J'étais toujours indécise sur ce point.

— Tu es mon idole, dis-je à Shae alors que nous allions aux toilettes après quelques verres. J'aimerais être comme toi, sur tous les plans.

Elle gloussa et haussa un sourcil.

— Personne n'est parfait et personne n'a une vie parfaite.

— Ouais, mais tu es carrément canon, tu sais te battre ET tu n'es pas attirée par les hommes. J'aimerais ne pas aimer les hommes, grommelai-je en fermant la porte de mon cabinet.

— Qui dit que les hommes ne m'attirent pas ?

— Euh… Je ne sais pas. Je croyais que c'étaient les femmes qui te plaisaient ?

J'aurais pu jurer que Noemi avait insinué que Shae jouait dans l'autre équipe, mais maintenant que j'avais bu quelques verres, je me demandai si je m'étais trompée.

— Les hommes m'attirent. Les femmes aussi. Simplement, j'ai décidé il y a des années que les hommes ne valaient pas la peine.

— *Amen !*

Mon exclamation excessivement zélée fit écho dans les toilettes ornées de marbre et me fit glousser.

— N'est-ce pas ? confirma Shae. Dans deux situations égales, les femmes sont clairement le meilleur choix.

Je hochai la tête en finissant ma petite affaire.

— Alors, tu as déjà fréquenté un homme ?

Je sortis du cabinet et croisai son regard dans le miroir tandis qu'elle en faisait de même. J'étais sacrément curieuse envers elle. Comment avait-elle appris à se battre ? Pourquoi voulait-elle travailler aux côtés d'hommes irlandais ? Quel après-shampoing utilisait-elle pour que ses cheveux brillent autant ? Toutes les questions importantes.

— Quelques-uns, mais ils ont rarement retenu mon attention.

Elle baissa les yeux vers le lavabo en se lavant les mains.

— Nous ferions mieux d'y retourner. Je n'étais pas censée laisser Noemi toute seule.

Lorsque nous rejoignîmes notre table, Noemi était exactement où nous l'avions abandonnée et nous attendait avec un nouveau round de martinis.

— Finissez votre verre, cria-t-elle. Et allons sur la piste !

Nous trinquâmes et l'alcool sembla filtrer dans mon système sanguin. Nous avions déjà bu des margaritas avec le dîner et des shots de tequila quand nous étions arrivées au club. Je souris à cause du chaud bourdonnement de ma peau.

— Allons-y !

Il était grandement temps de danser.

Une demi-heure plus tard, Noemi et moi battions en retraite vers la table tandis que Shae continuait de se déhancher. Cette femme était une pile électrique et elle ne transpirait même pas.

— C'est exactement ce dont j'avais besoin, dis-je à ma cousine.

J'étais ravie qu'elle ait accepté ma requête de dernière minute et soit sortie avec moi.

— Et Shae est géniale. Je suis contente que Conner lui ait demandé de venir avec nous, même si ce n'était pas nécessaire.

L'idée que les hommes pensent que nous avions toujours besoin de chaperons ne m'enchantait pas. Les hommes devaient en fait apprendre à se comporter comme des êtres humains civilisés. Dans ce cas, nous ne risquerions plus rien. Comme si cela allait arriver. La seule manière de changer la dynamique était d'être une dure à cuire comme Shae. Je lui jetai un nouveau coup d'œil dans la foule.

— Et comme elle est là, on n'a même pas eu besoin de notre fausse carte d'identité, intervint Noemi en levant son verre pour porter un toast.

— Oh que oui !

Je trinquai avec elle, mais alors que je commençais à boire, mes yeux croisèrent un regard meurtrier de l'autre côté de la pièce.

— Non, mais tu te fous de moi.

Bishop me transperçait de son regard indigné et accusateur. Son costume intégralement noir était presque aussi sombre que l'aura nocive qui l'entourait. Il était telle une tempête légitimement furieuse et pressurisée. Je n'avais jamais rien vu de plus beau de ma vie. L'intensité de ses traits burinés et de son pouvoir calculé. Il était un dieu colérique venu sur terre avec une seule chose en tête. Moi.

Respirer devint subitement impossible. Avait-il su que je serai là ? Cela aurait-il pu être une coïncidence ? Curieusement, j'en doutais. Alors, comment était-ce arrivé ? M'avait-il suivie ? Mon cœur tambourina dans mes oreilles, plus fort que la basse qui pulsait dans les haut-parleurs.

Le regard de Noemi suivit le mien. Elle insista rapidement pour que je lui explique, mais je n'en avais pas la capacité. Je devais m'échapper comme un lapin le ferait face à un renard affamé.

Lui attrapant la main, je nous guidai vers la piste de danse où Shae se déhanchait déjà sur un remix de Lady Gaga qui avait intensifié l'énergie dans la pièce. Notre petit cercle bougea en rythme avec le reste de la foule et m'offrit le tampon dont j'avais besoin. J'étais un minuscule fretin dans une école géante et, associé à l'alcool, cela me permettait de faire comme s'il ne se passait rien. La distraction parfaite. Enfin, peut-être pas si parfaite.

Je sentais encore le regard de Bishop sur moi, même si cela devait être impossible. J'étais trop enfoncée dans la foule. Pourtant, il était là. Le contact possessif de son regard. Comme si nous étions seuls et que je ne dansais que pour lui.

Quand Shane abandonna notre cercle et qu'un corps solide se glissa derrière moi, je ne protestai pas. Ce n'était pas Bishop. Je le savais tout comme je savais que Bishop serait agacé quand il me verrait collée à un autre homme. Bien. Qu'il connaisse une fraction de l'impuissance que j'éprouvais depuis qu'il était entré dans mon monde, depuis qu'il me volait mes plans et me faisait ressentir des choses que je ne voulais pas ressentir.

Je roulai des hanches et levai les mains pour les poser derrière moi, sur sa nuque. Tout chez cet homme était exécrable, mais sa main plaquée contre mon ventre me tenait avec confiance et il bougeait comme dans un rêve. Un rêve brumeux qui éclata brusquement quand je fus arrachée de la piste de danse par une main ferme autour de mon poignet.

— Noemi, appelle ton mari pour qu'il vienne te chercher. On s'en va ! aboya Bishop à ma cousine qui nous suivit, étant donné qu'il l'avait capturée de son autre main.

Il émit un bref et vif sifflement qui attira instantanément l'attention de Shae. Il fit un geste de la main vers Noemi, ordonnant silencieusement à Shae de la surveiller.

Je n'eus pas un seul mot à dire à ma cousine avant d'être traînée hors de la boîte de nuit. Je ne luttai pas contre lui, car je ne voulais pas faire une scène, plus qu'il ne l'avait déjà fait. J'attendis plutôt que nous soyons sur le trottoir afin de libérer mes doigts de sa poigne blessante.

— Qu'est-ce que tu fais ici, Bishop ?

J'écartai largement les bras, en signe d'incrédulité, attirant plus d'un regard curieux.

— Comment savais-tu où j'étais ?

Une vague d'émotions s'écrasa sur ma poitrine. J'étais soulagée de le revoir après une semaine et je me hérissais tant j'étais outrée à l'idée qu'il m'ait suivie.

Plutôt que de se montrer à la hauteur de mon accusation sous-entendue, Bishop sembla presque se calmer, mais pas d'une bonne manière. Le Bishop insouciant était à des années-lumière. L'homme devant moi, dans un costume noir sur mesure et impeccable, avec des cheveux idéalement ondulés, était brutalement intense et chaque once de cette férocité bouillonnante était dirigée vers moi.

— Je croyais que nous en avions discuté, Pippa.

— Du fait que tu me possèdes ? rétorquai-je tandis que l'alcool inhibait mes instincts de survie.

— De *toi*. Et de *moi*. De ceux qui ont le droit de te toucher.

Sa voix de baryton éraflait ma peau, vibrante de possession. Pourtant, chaque muscle de son corps était crispé sous l'effet d'une retenue dont il avait l'habitude. Il était un maître du self-control tel que je ne l'aurais jamais imaginé.

— Je passais une soirée entre filles, Bishop. Je ne couche pas à droite à gauche.

— Ce que tu faisais sur cette piste de danse n'avait rien à voir avec une soirée entre filles et tout à voir avec moi. Tu m'envoyais un message et je l'ai très bien reçu.

Il avait raison. Je m'étais déchaînée, d'une manière passive-agressive, et je me sentais de plus en plus embarrassée chaque seconde.

J'ouvris la bouche pour commencer une subtile retraite, mais je n'en eus pas la chance. Un grand homme se plaça partiellement devant moi et se pencha entre Bishop et moi.

— Hé, mec. On dirait que la fille n'est pas intéressée, bredouilla l'homme.

Je me décalai pour ne plus être derrière lui, sachant que ça n'arrangerait rien, et je finis avec son bras enroulé autour de mes épaules.

— Ne t'inquiète pas, mon sucre. Je te tiens.

Je faillis avoir un haut-le-cœur à cause de son haleine chargée de whisky. C'était mauvais, à bien des niveaux. Si mon alarme interne n'avait pas sonné auparavant, elle le faisait clairement maintenant.

— Ce n'est rien, tentai-je de le rassurer. C'est un ami. Vous pouvez y aller.

Je tâchai de m'extraire de son bras, mais il m'attira contre lui.

— Non, tu ne devrais pas avoir à supporter cette connerie, bafouilla-t-il. Rentre, je te paierai un verre.

Il me sourit et nous tourna tous les deux vers la porte d'entrée, sa main dérivant vers mes fesses.

— Retire tes putains de mains avant d'être blessé.

L'avertissement de Bishop transperça l'air nocturne avec un calme meurtrier.

L'homme se retourna et me libéra enfin.

— C'est une menace ? Parce que je n'ai pas peur d'un maigrichon comme toi.

Il faisait quelques centimètres de plus que Bishop et au moins vingt kilos de plus. Il n'était pas musclé, mais la différence de taille était tout de même suffisante pour que mon cœur tambourine dans ma gorge.

Avant que je puisse dire quoi que ce soit pour désamorcer la situation, Bishop projeta ses poings en avant en deux frappes vicieuses, faisant chuter l'homme à terre, inconscient. Il n'avait eu aucune chance.

Je restai plantée là, choquée, alors que le sang commençait à couler du nez de l'individu. Les témoins de l'altercation s'exclamèrent et crièrent, certains acclamant Bishop et d'autres protestant, furieux, tandis qu'ils se rapprochaient pour observer la scène.

Une main puissante s'enroula autour de la mienne.

— Dégageons de là, grogna Bishop en m'éloignant de la foule grandissante.

J'étais trop ébahie pour faire autre chose que de le suivre.

Bishop me guida vers sa voiture avec des foulées rapides et déterminées. La colère crépitait dans l'air derrière lui, ce qui me rendait réticente à l'idée de faire toute une histoire parce qu'il m'avait sortie du club. Il n'avait aucun droit de faire ce qu'il avait fait. Toutefois, pour être honnête, je me sentais un peu mal de l'avoir évité toute la semaine. Je ne cessais de me répéter que passer du temps loin de lui me rappellerait à quel point mes buts étaient importants, mais cela avait seulement provoqué en moi un sentiment de perte et de vide.

Quand il ralentit enfin avant de s'arrêter devant la

portière passager de sa voiture, il sembla se calmer d'une manière qui me tendit encore plus que son irritation l'avait fait.

— Je t'emmène chez moi. Monte.

Il ouvrit la portière, ses yeux bruns dépourvus de leur chaleur habituelle.

— Qu'y a-t-il, Bishop ? Tu me fais un peu peur.

Son torse se gonfla lorsqu'il prit une profonde inspiration avant de réduire la distance entre nous. Une main s'emmêla dans mes cheveux tandis que son pouce glissait tendrement sur ma joue.

— Tu n'as pas de quoi avoir peur, chaton, déclara-t-il d'une voix bourrue, mais suave. Mon unique intention est de te donner ce que tu veux.

Ses mots étaient doux, alors pourquoi détectai-je un soupçon de tristesse sous-entendu ?

La culpabilité tiraillait mon cœur. Je n'avais pas voulu lui faire de mal en résistant à son attention. La relation était arrivée si vite que j'avais eu besoin de temps pour réfléchir à ce que je ressentais. Et ce n'était pas comme s'il me facilitait les choses, avec ses tendances dominatrices. Bishop était un tremblement de terre détruisant une ville, il faisait trembler mes fondations alors que je ne voulais qu'un bref tour de manège. Du moins, c'était ce que j'avais cru vouloir. Après une semaine de réflexion, je me rendis compte que des tremblements renversants pouvaient être tout aussi revigorants, si ce n'était plus.

Je hochai la tête et le laissai m'aider à monter dans la voiture. Nous restâmes tous les deux silencieux lors du court trajet jusqu'à chez lui. J'aurais voulu connaître ses pensées les plus intimes. Pourquoi était-il toujours prêt à me supporter après tout ce que j'avais fait ? Comment pouvait-il être si certain qu'il me désirait ou que nous irions bien ensemble ? C'était peut-être l'âge. Il avait quelques années de plus que moi. Il devait être proche de la trentaine, si je devais le deviner. Il avait probablement eu des dizaines de relations, même des centaines, si je comptais ses brèves liaisons.

Pff. Pourquoi m'étais-je engagée sur ce terrain ?

Mon ventre commençait à ressentir l'effet de l'alcool et la dernière chose que je voulais, c'était visualiser Bishop avec un tas d'autres femmes. Il les faisait rire. Les protégeait. Les collait contre un mur et…

Qu'est-ce que tu es ? Une masochiste ?

Je me vidai la tête autant que possible et passai le reste du trajet à regarder les lampadaires par la vitre passager. La conversation qui nous attendait serait suffisamment chargée d'émotions. Je n'avais pas besoin de m'agacer inutilement.

Quinze longues minutes gênantes plus tard, nous étions de retour dans son appartement, une forêt dense de mots retenus nous séparant. Néanmoins, même si j'avais cru que nous étions sur le point d'avoir cet entretien, cela n'aurait pas été possible, car nous n'étions pas seuls.

Un individu, de l'âge de Bishop, se tenait dans le salon, un whisky à la main. Il ne semblait pas surpris de nous voir, bien qu'il donne l'impression d'être un homme qu'on n'ébranlait pas facilement. Il était beau, à sa façon robuste. Ses cheveux d'un blond vénitien, des yeux verts et une nuée de taches de rousseur étaient accentués par sa mâchoire ciselée et des traits si masculins qu'il aurait pu sortir tout droit du plateau de tournage d'un épisode de *Vikings*. Il me dévisageait avec une intensité que je ne comprenais pas.

— Que se passe-t-il ? lâchai-je en oubliant toutes mes manières.

J'avais cru que nous allions discuter de notre relation et

trouverions enfin un accord, mais la présence d'un autre homme me bouleversait complètement.

Quelque chose clochait horriblement, cependant j'ignorais pourquoi.

— Je te donne ce que tu veux, dit-il d'une voix froide.

Une vague de confusion me submergea et mon regard se riva sur l'autre homme.

— Que veux-tu dire ?

— Tu veux connaître la vie sans limites. Je suis là pour te l'offrir.

Totalement ébahie, je dévisageai chaque homme l'un après l'autre.

— Pippa, laisse-moi te présenter Callum.

Bishop tendit une main vers l'inconnu.

L'homme posa son verre et traversa la pièce pour me déposer un baiser sur le dos de la main.

— C'est un plaisir de te rencontrer, murmura-t-il.

Ce geste était si intime, si inattendu que mon estomac se retourna.

Je pivotai vers Bishop, tournant le dos à Callum.

— Est-ce… ? Tu es en train de suggérer un plan à trois ?

Ma colonne vertébrale se raidit alors que Callum écartait les cheveux de mon épaule et appuyait ses lèvres sur mon cou.

— C'est tout ce que tu veux que ce soit.

Merde alors, c'est réel ?

Deux hommes ? En même temps ? Je ne l'avais jamais envisagé quand j'avais rêvassé. J'avais essayé de trouver de la normalité, je n'aurais jamais imaginé quoi que ce soit de si aventureux. Un plan à trois serait clairement différent et nouveau. Était-ce ce dont j'avais envie ? Un tourbillon de sentiments m'embrouillait l'esprit et m'empêchait de donner un nom à ce que j'éprouvais.

Mon regard cherchait Bishop pour qu'il me guide. Était-ce ce qu'*il* voulait ? Étant donné la manière dont il agissait, je n'avais pas l'impression que la perspective l'excitait.

— Pourquoi fais-tu ça ?

Un soupçon d'émotions apparut dans les yeux de Bishop sous la forme d'éclats colériques.

— Pourquoi ? demanda-t-il en se rapprochant alors que Callum était dans mon dos. Je te l'ai déjà dit. Je te donne ce que tu veux. Tu veux voir ce que c'est, d'être avec d'autres hommes. De ne pas te fermer aux autres options. C'est l'opportunité parfaite.

Les mains de Callum se posèrent sur ma taille. Mon cœur tambourina si rapidement que je n'arrivais pas à respirer.

Bishop continua, ses mots devenant plus passionnés.

— Tu m'as dit que tu ne voulais pas être liée. Que tu voulais goûter ce qui existait. Je te montre que si c'est ce que tu désires *vraiment*, je peux te le donner. Je peux faire ça *pour* toi.

M'offrait-il un genre de relation libre ? J'étais époustouflée. Mon cerveau n'arrivait pas à suivre.

Bishop leva mes mains au-dessus de ma tête.

— Peut-être que tu veux que l'un de nous te regarde. Peut-être que tu nous veux tous les deux en même temps. Ce serait une nouvelle expérience, n'est-ce pas, chaton ?

Callum glissa les mains sur mes hanches, son érection désormais appuyée contre mes fesses.

Était-ce réellement en train d'arriver ? Bishop me partagerait-il si c'était ce que je souhaitais ? J'avais lu des histoires sur ce genre de choses et cela avait toujours paru torride, mais la réalité était bien loin de mes fantasmes. Peut-être était-ce à cause de la sévérité glaciale dans le regard habituellement chaleureux de Bishop ou le fait que je ne connaissais pas du tout Callum, mais tous les muscles de mon corps étaient crispés sous l'effet de l'appréhension.

Ce n'était pas agréable. Pas du tout.

— Je ne crois pas que j'aime ça, bafouillai-je en tirant sur mes mains pour les libérer.

Bishop me tint fermement.

— Tu n'as pas besoin de résister, Pippa. Ça peut être tout ce que tu veux, insista-t-il.

Les larmes brûlaient le fond de ma gorge. Je ne pouvais supporter davantage ce tourment et je me dégageai brusquement d'eux.

— Arrêtez ! Arrêtez, putain !

— Pourquoi ? s'enquit-il. N'est-ce pas exactement ce que tu désirais ?

— Je n'ai jamais rien demandé de tout ça.

— Alors comment suis-je censé le prendre quand tu me repousses et que tu te frottes contre d'autres hommes, en boîte ? Tu m'as dit spécifiquement que tu ne voulais pas être *liée*. Tout ce que je te demande, c'est que si tu as besoin d'explorer, tu le fais *avec* moi. Est-ce trop te demander ?

Bishop avait ouvert son torse et exposé son cœur, mais il l'avait fait d'une manière offensante, insensible qui me blessait profondément. Il me faisait passer pour la femme la plus impitoyable et la plus superficielle sur cette planète. Et je l'étais peut-être. Cela expliquerait le trou béant qui creusait ma poitrine et qui me donnait l'impression d'être complètement vide.

Nous nous tournâmes et vîmes Callum battre silencieusement en retraite. Ce petit jeu avait agi comme une valve, relâchant une fraction de la pression qui envahissait l'air autour de nous.

— Je suis désolée, chuchotai-je, ne pouvant croiser son regard comme mes yeux s'emplissaient de larmes. Je ne voulais vraiment pas te mettre en colère ce soir. En fait, c'était l'inverse. J'ai pensé à nous toute la semaine. À ce que je voulais, ce dont j'avais besoin et la différence entre les deux. Je sentais où j'allais. Que j'allais me consacrer à nous donner une chance et à arrêter de te repousser. J'avais l'impression que je te cédais mon indépendance, alors j'ai décidé de sortir. Comme pour un pot de départ. Un dernier tour de piste. Quand je t'ai vu en boîte, j'ai plus ou moins paniqué.

Je levai enfin les yeux, lui montrant que j'étais blessée ainsi que la souffrance inattendue que j'avais éprouvée en me sentant comme un objet qu'on se passait. Il donnait l'impression que ses actions étaient une offre généreuse tandis qu'en réalité, c'était un coup défensif pour péter les plombs alors qu'il n'avait pas compris ma réticence à m'engager tête baissée dans cette relation.

— Merde, ce n'était pas censé se passer comme ça.

Il colla mon visage contre le sien, mais je fermai les yeux pour le bloquer. C'était plus que je ne pouvais en encaisser.

Je n'avais pas voulu que Bishop sache à quel point il m'avait mise en colère, mais mon souffle traître se coupa dans ma gorge. Son corps se crispa à l'instant où il sentit mon spasme.

— S'il te plaît, ne pleure pas.

Bishop prit mon visage entre ses mains calleuses et colla nos fronts l'un contre l'autre. Nous restâmes ainsi d'infinies secondes avant qu'il amène ses lèvres vers mon front dans un baiser poignant.

— Je veux rentrer à la maison, maintenant.

Je m'obligeai à parler malgré le python d'émotions qui m'enserrait la gorge.

— Merde, chérie. Je suis vraiment désolée. J'essayais simplement de te faire comprendre à quel point je te voulais.

Je hochai la tête, prête à dire n'importe quoi pour m'en aller. J'avais besoin d'être seule.

Par la grâce de Dieu, Bishop me prit la main sans protester davantage. Je m'étais presque attendue à ce qu'il me garde prisonnière et exige d'en discuter, mais au lieu de ça, il essuya mes larmes et me guida vers la porte.

Quelques minutes après être revenue à la maison, j'étais de retour dans mon lit d'enfant et j'étais plus perdue que je ne l'avais jamais été dans ma vie.

POUR LA PREMIÈRE FOIS, DEPUIS QUE J'AVAIS RENCONTRÉ Bishop, il était devenu complètement silencieux. Toute une semaine sans SMS. Sans appel. Sans apparition inattendue. J'avais l'impression que le monde avait succombé aux mois d'hiver précocement, et privait la ville de toute couleur et chaleur.

Comment cela pouvait-il être le cas ? Comment pouvais-je me sentir si démunie alors que je le connaissais depuis si peu de temps ? Alors que je venais juste de m'autoriser à admettre mes sentiments pour lui ?

Une question particulière me hantait jour et nuit. Cette chose entre nous était-elle terminée ?

Je n'étais pas certaine que nous ayons bâti suffisamment de fondations pour nous remettre d'une telle désolation. Je ne pouvais m'empêcher de me demander si tout était ma faute. L'avais-je rejeté une fois de trop ? J'avais tant insisté pour être libérée de lui, mais désormais, j'avais l'impression que c'était la pire issue possible. L'idée de ne plus jamais ressentir la chaleur brûlante de son regard affamé me fit frissonner de la tête aux pieds.

Tu pourrais toujours le contacter, tu sais.

Voilà qu'elle était de retour. La voix de la raison. Elle me provoquait depuis des jours, mais je n'arrivais manifestement pas à rassembler la confiance suffisante pour faire le premier pas. Me détestait-il d'avoir été insensible ? Pouvait-il réellement tenir à moi s'il avait été prêt à me partager ? Tous mes doutes étaient tels des sables mouvants, m'embourbant dans l'incertitude.

Chaque journée se déroulait dans un brouillard mélancolique et je me cachais dans ma chambre. Néanmoins, le samedi suivant devait être consacré presque entièrement à un mariage dans ma famille, ce qui était à la fois une bénédiction et une malédiction. La famille du crime des Lucciano, la plus secrète et solitaire des cinq, organisait une immense réception pour célébrer le mariage d'Alessia Genovese, l'une des filles du patron. L'intrigue entourant leur clan et la rareté d'un tel événement nous unifiant tous étaient une distraction bienvenue. Toutefois, une journée passée à m'épancher sur leur amour et leur éternité ressemblait à la pire des tortures, car, chaque jour, une écharde de vérité s'enfonçait plus profondément sous ma peau et me criait que je laissais ma chance d'être réellement heureuse me glisser entre les doigts.

J'avais voulu mon indépendance, mais à quel prix ? Et si j'avais scié la branche sur laquelle j'étais assise, comme disait ma mère ? Est-ce qu'explorer tout ce que la vie avait à m'offrir m'avait privée d'une relation ? En réalité, n'était-ce pas l'une des nombreuses facettes de la vie que j'avais envie de découvrir ?

Au plus profond de moi, je connaissais la réponse.

Voir les deux mariés si heureux ensemble me fit monter les larmes aux yeux. J'étais ravie pour eux et furieuse contre moi. J'essayais de me convaincre que même si je ne pouvais arranger les choses avec Bishop, j'avais appris une bonne leçon. Dans tous les cas, j'étais mieux sans lui. Cependant, quand les danses débutèrent et qu'un beau jeune homme me demanda de l'accompagner, je ne me sentais pas mieux du tout. Je me sentais gênée et poisseuse. J'aurais dû être flattée qu'on s'approche de moi. Ce mec était mignon et il savait bouger. Pourtant, tout ce dont j'avais envie, c'était de pleurer, car ce n'était pas ses bras que je voulais autour de moi.

Sentant le picotement des larmes au fond de ma gorge, je m'excusai hâtivement avant de fuir en direction de la sortie de la salle de bal. Mon départ ne passa pas inaperçu. Une minute plus tard, la plus âgée de mes petites sœurs me rejoignit sur un banc dans le couloir du grand hôtel.

— Tu veux en discuter ? demanda Aria en me donnant un léger coup dans l'épaule.

— Je ne suis pas sûre que ça me soulage.

— Je suppose que c'est à cause de cet homme magnifique qui est venu à la maison ? s'enquit-elle avec un soupçon de malice.

— Oui.

— Il t'a fait du mal ? Parce que… je connais un gars.

Sa blague fut si inattendue que je laissai échapper un rire pénible qui se termina sur un sanglot.

— C'est inutile, mais merci. Et, en plus, je suis tout aussi coupable que lui. Nous avons créé un tel bazar.

— Ce que je vais te dire est peut-être banal, mais meuf, un de perdu, dix de retrouvés. Tu es allée sur Tinder, dernièrement ?

Je la regardai, bouche bée.

— Ari ! Tu as un compte Tinder ? Tu n'as que dix-sept ans !

Papa ferait une rupture d'anévrisme s'il était au courant.

— Ce n'est qu'un profil, tenta-t-elle de m'assurer. Je ne suis pas obligée d'interagir avec qui que ce soit si je n'en ai pas envie. N'es-tu pas un peu curieuse de découvrir ce qu'il y a dehors ?

Elle sortit son portable et ouvrit l'application.

J'étais ébahie que ma sœur ait été si aventureuse et j'étais également un tantinet fascinée par les images des hommes qui défilaient. Nous rîmes de certains d'entre eux et d'autres auraient peut-être piqué ma curiosité si je les avais vus des semaines plus tôt, mais ce n'était plus le cas, à présent. Aucun d'eux n'était ce que je désirais. Aucun d'eux n'était Bishop.

— Allez, on va te créer un profil. C'est super facile. Je peux même le faire pour toi.

— Non. Je ne suis pas intéressée, mais merci.

Je lui souris. C'était mignon de sa part d'essayer de m'aider. J'aurais simplement aimé que ce soit si facile.

Aria haussa les épaules et se leva.

— J'imagine que nous n'avons pas d'autre choix, alors.

— Ah bon ? demandai-je d'un air méfiant.

— Oui. La seule chose qu'il nous reste à faire... c'est danser. Viens.

Elle me prit les mains et m'attira vers l'immense salle de bal où Bruno Mars faisait groover tout le monde au son d'*Uptown Funk*.

Je n'étais pas aussi proche de mes sœurs que je l'étais de Noemi, mais elles demeuraient mes frangines et savaient me remonter le moral. Après la danse du poulet et une interprétation tumultueuse de *We are family*, j'avais retrouvé un peu de mon optimisme.

— Tu vas lâcher ce téléphone et me rejoindre sur le ring ? aboyai-je à Callum. Je croyais que tu reprenais juste ton souffle.

— Tu déconnes ?

Il me dévisagea, incrédule.

— Pas quand tu es aussi remonté. Je vais y laisser un foutu rein. Tu n'as toujours pas arrangé les choses avec Pippa ?

Un grognement retroussa ma lèvre supérieure tandis que je posais mes avant-bras sur la corde autour du ring et baissais le regard.

— J'essaie simplement de m'entraîner à me maîtriser, grommelai-je. Tu en as vraiment fini pour aujourd'hui ?

J'aurais pu passer toute la journée sur le ring sans évacuer entièrement toute ma frustration refoulée. Passer une semaine loin de Pippa n'avait pas été facile. Elle avait besoin de réfléchir et moi aussi. Je ne me demandais pas si je la voulais – car c'était ancré dans mon ADN pour une maudite raison. Ce que je devais découvrir, c'était comment la pousser à me voir. Comment m'excuser et lui faire comprendre ce que nous pouvions partager.

— Oui, mec. Je vais trouver de quoi me divertir pour la nuit et ensuite, je rentrerai.

Son pouce balayait son écran de téléphone presque rythmiquement et il marquait occasionnellement des pauses.

— Attends.

Il plissa les yeux en étudiant quelque chose.

— J'y crois pas.

Il leva son portable et afficha une image de Pippa.

Mon sang se glaça.

— C'est *Tinder*, putain ? vociférai-je en perdant toute trace de contrôle.

— Oui, mec, répondit-il d'un air méfiant. Mais je ne sais pas quand le profil a été créé ou même s'il est actif.

Je commençai à faire les cent pas sur le ring. Il avait raison, mais manifestement, ça ne me réconfortait pas du tout. Pippa avait-elle été sur l'appli avant que nous nous rencontrions ? Si c'était le cas, serait-elle restée vierge ? Je ne pouvais en être certain, mais je savais que ça ne me convenait pas. Je détestais la simple idée que son visage soit exposé là et que des mecs s'y intéressent.

J'avais tant essayé de lui laisser de la place, mais je n'y

arrivais pas. Ce n'était pas la personne que j'étais. Faire semblant d'être quelqu'un d'autre serait inutile. Je devais jouer cartes sur table et arranger ça. J'avais merdé et si je ne trouvais pas un moyen de tout arranger, je la perdrais pour toujours.

Raison 342 de vivre toute seule : ne pas être forcée d'assister à la messe nocturne le dimanche. Je ne me sentais pas d'y aller, mais maman et papa avaient insisté pour que j'y aille si je n'avais rien d'autre de prévu, alors je m'obligeai à me préparer pour me rendre à l'église. S'il y avait bien une chose que je ne souhaitais pas faire, c'était parler à des gens. Habituellement, mes sourires me venaient aisément. Aujourd'hui, tout semblant de bonheur serait purement feint.

Je soupirai profondément et éteignis la lumière dans ma chambre avant de me diriger vers l'escalier quand quelqu'un sonna à la porte. Je me figeai, hors de portée de vue de l'entrée, espérant que quelqu'un d'autre ouvrirait à la personne qui s'était pointée. Effectivement, les pas autoritaires de papa claquèrent sur le parquet et la porte s'ouvrit.

— Bishop, je crois que nous ne vous attendions pas.

Les mots guindés de papa filtrèrent jusqu'à l'étage et firent frénétiquement accélérer mon cœur.

Bishop était ici ? Une part de moi avait prié pour qu'il me contacte, tandis que le reste était submergé par l'embarras à l'idée qu'il soit là. Je pouvais supposer sans risque qu'il était venu pour moi, mais pourquoi ? Pour me dire à quel point je l'avais blessé ? Pour me demander de lui accorder une seconde chance ?

S'il ne voulait rien avoir à faire avec moi, rappliquer chez moi serait contre-productif. Cette petite vérité m'aida à apaiser les doutes déchaînés qui criaient dans ma tête.

— Je suis désolé de venir sans m'annoncer, monsieur. J'ai vraiment besoin de parler à Pippa.

— Je ne suis pas sûr que ce soit une bonne idée, répondit froidement mon père. Elle n'est plus elle-même depuis une semaine, maintenant. Et si j'étais du genre à parier, je dirais que vous avez un rapport avec ça.

— Vous avez raison. J'ai fait une bêtise et même si je n'avais pas l'intention de la blesser, j'ai besoin de m'excuser. S'il vous plaît, laissez-moi le faire.

La voix de Bishop était distante. Je me surpris à me pencher en avant pour ne pas louper un seul mot.

Il était ici et voulait s'excuser ! Un battement d'optimisme prudent résonna dans ma poitrine. Je fis un pas en avant et commençai à descendre les marches.

— C'est bon, papa, lui dis-je. J'ai besoin de parler à Bishop.

Mon père se tourna vers moi pour me scruter et plissa les yeux.

— Je ne suis pas certain que ce soit une bonne idée.

Au moment où mon pied se posa au rez-de-chaussée, ma mère nous rejoignit dans l'entrée.

— Je ne suis pas sûre que ce soit à toi d'en décider. Laisse-les régler leurs affaires, Gino, intervint-elle d'une douce voix. Nous nous apprêtions à nous rendre à la messe du soir. Ils peuvent discuter en notre absence.

Elle appuya une main dans le creux de son coude et appela mon frère et mes sœurs à l'étage.

Papa se renfrogna, mais ne la contredit pas. Ma fratrie descendit les escaliers d'un pas lourd et suivit mes parents jusqu'au garage. Bishop et moi étions seuls.

Ma maison était-elle toujours si silencieuse ?

L'absence de bruit semblait m'assaillir de tous côtés, me poussant à dire quelque chose. À nous éloigner de cette corde raide pour que nous prenions une résolution, d'une manière ou d'une autre.

— Je suis contente que tu sois là.

Mes mots firent écho dans mes oreilles, manifestement plus assourdissants qu'ils ne l'avaient jamais été. J'ignorai la vague de gêne qui menaçait de me noyer et je poursuivis :

— La première fois, quand je t'ai demandé de m'emmener chez toi, je souhaitais revendiquer mon indépendance et découvrir la vie. Jamais de la vie je n'aurais envisagé que ça nous mène à quelque chose de plus important. Quelles étaient les chances ?

Je lui jetai un coup d'œil, lui implorant de me comprendre.

— Je n'ai jamais voulu te faire du mal. J'étais simplement effrayée. Tout ce que tu voulais était à l'opposé de ce qu'il me fallait, comme je l'avais cru pendant des années. Que tu te pointes au dîner et en boîte ? Ça m'a fait flipper. J'espère que tu le comprends.

Il se rapprocha et prit mon visage entre ses mains.

— C'est ma faute, Pip. Je sais que j'y suis allé trop fort et que ça ne me ressemble pas, d'habitude. Curieusement, tu me fais faire des choses démentes que je n'aurais jamais faites par le passé. Tu me fais ressentir des choses folles que je n'aurais jamais ressenties avant.

Il marqua une pause, son regard sincère me transperçant.

— Tout ce que je voulais, c'était que tu m'accordes une chance. Tu peux encore découvrir le monde avec moi. Tout ce qui existe, je te le donnerai. Tu n'as qu'à le demander, expliqua-t-il avec ferveur.

— Je crois que je peux le faire, murmurai-je.

Au lieu de la chaleur à laquelle je m'étais attendue après ma réponse, Bishop baissa les yeux et fronça les sourcils.

— J'aurais dû venir te parler plus tôt et je suis gêné d'admettre que c'est un élément en particulier qui m'a poussé à venir.

Il riva à nouveau son regard sur le mien et sa mâchoire se crispa vigoureusement.

— J'étais avec Callum, tout à l'heure, et il s'avère qu'il t'a trouvée sur Tinder. S'il te plaît, dis-moi que tu ne t'es pas inscrite sur cette appli à cause de moi, cette semaine.

— Quoi ? m'exclamai-je en écarquillant les yeux.

Je ne compris pas ce qu'il disait jusqu'à ce que ma conversation avec Aria me revienne précipitamment. Je fermai les paupières.

— Aria, grognai-je. Nous étions à un mariage, hier. Un

homme m'a invitée à danser et j'ai accepté parce que j'avais l'impression de le devoir, mais tout ça ne me paraissait pas convenable. C'était si troublant et agaçant que je me suis arrêtée en plein milieu de la danse et que je me suis enfuie. Ma sœur est venue me trouver dans le couloir. Je lui ai un peu expliqué ce qu'il s'était passé entre nous. Elle a insisté en me disant que je devais sortir. Que rencontrer quelqu'un d'autre me remonterait le moral. Elle m'a dit de créer un profil Tinder et j'ai refusé. Elle a dû en créer un dans mon dos, hier soir, parce que je n'ai même jamais téléchargé l'appli. S'il te plaît, crois-moi. Je n'ai rien à voir avec ça.

Un juron fébrile franchit ses lèvres alors qu'il m'embarquait dans une étreinte écrasante.

— Merci, mon Dieu.

Le soulagement donnait des ailes à ses mots et ils m'élevèrent au-dessus du sol.

— Je déteste t'imaginer avec quelqu'un d'autre, chaton.

Je le serrai contre moi une seconde de plus avant de reculer pour croiser son regard.

— Alors, pourquoi as-tu organisé cette rencontre avec Callum ? demandai-je tandis qu'un picotement douloureux enflammait ma poitrine. Tu m'aurais vraiment partagée ?

— J'aurais essayé si c'était ce que tu désirais réellement, mais j'en aurais détesté chaque satanée seconde.

— Donc pourquoi l'as-tu proposé ?

— Parce que c'était la seule manière que j'ai trouvée pour te prouver que je ne suis pas une condamnation à de la prison, comme tu semblais le croire.

Je secouai la tête.

— Non, ce n'était pas ça.

— Alors quoi ?

Il inclina la tête et me supplia de le comprendre avec son regard.

— Pourquoi m'as-tu autant résisté ?

— Parce que je rêve d'être *normale* depuis des années. La vie était censée être différente pour moi : des rencards, des voyages, peut-être même un boulot. J'allais être une fille normale et non pas me marier à cause de mon père à un homme que je connaissais à peine. Je n'allais pas passer de la maison d'un homme à celle d'un autre, sans jamais apprendre à voler de mes propres ailes.

Les commissures de ses lèvres se tordirent.

— Et qui t'a dit que j'allais te priver de ce rêve ?

Je haussai docilement les épaules.

— Moi. Je n'ai jamais connu un homme de la mafia qui n'enfermait pas sa femme ou sa copine pour la protéger.

Son regard étincela et ses belles fossettes apparurent.

— Heureusement pour toi, je suis irlandais, et nous avons l'habitude que nos femmes soient bien trop folles pour qu'on les contrôle.

Je m'étouffai en riant puisqu'une vague d'émotions bouillonnantes faisait monter de nouvelles larmes.

Bishop déposa un tendre baiser au coin de mes yeux.

— Je ne te demande pas encore l'éternité, mais simplement que tu me laisses une chance. Que tu *nous* laisses une chance.

Hésitante, je me penchai en avant et laissai mes lèvres effleurer les siennes.

— Je ne veux plus te repousser. Je ne veux pas que ça se termine.

— Peu importe ce que c'est, chaton, ce n'est pas la fin. Ce n'est que le début.

 passa l'heure suivante avec moi, sur le canapé, à regarder un film et à discuter. Nous nous blottîmes l'un contre l'autre, nous taquinâmes et rîmes jusqu'à ce que mon cœur soit visiblement sur le point d'exploser. Quand ma famille rentra, je dus maîtriser mon sourire infect afin que mon père n'aille pas s'imaginer qu'il s'était passé quelque chose de plus pendant son absence.

Je n'avais pas envie de laisser Bishop partir quand il fut l'heure, mais je fus ravie lorsqu'il me demanda, en présence de mon père, s'il pouvait venir me chercher pour le petit déjeuner, le lendemain matin. Papa me regarda comme pour vérifier que je souhaitais y aller et il prit mon sourire étourdi pour une réponse suffisante. J'étais si excitée que j'eus du mal à dormir cette nuit-là. Il était merveilleux de découvrir à quel point c'était libérateur de s'autoriser à ressentir ce qui arrivait naturellement. J'avais eu le sentiment que je ne devrais pas vouloir me mettre en couple, ajoutant ainsi de la culpabilité et de la frustration à une situation déjà incertaine. Quand je me laissais simplement profiter de ce que j'éprouvais auprès de Bishop, une lumière chaude semblait couler dans mes veines.

Ce courant électrique me donna l'énergie dont j'avais besoin le lendemain matin, quand il se montra de bonne heure et de bonne humeur. Pourtant, j'avais songé à lui toute la nuit, ce qui m'avait empêchée de dormir.

— Bonjour, ma belle.

Sa voix était rauque et follement sexy. Il me prit la main et m'accompagna jusqu'à sa voiture.

— Tu as bien dormi ?

— J'ai eu un peu de mal à m'endormir, en fait.

— Ah oui ?

— Oui, j'étais toute joyeuse et des pensées émoustillantes m'ont empêchée de dormir, le taquinai-je.

Un grognement monta du plus profond de sa poitrine.

— L'effet que tu me fais devrait être illégal.

— C'est marrant. Je pensais la même chose de toi, ou plus précisément, de tes fossettes.

Il me sourit.

— Tu aimes mes fossettes ?

— Je t'en prie.

Je gloussai et inclinai la tête.

— Comme si tu ne savais pas à quel point elles sont sexy.

— C'est quand même agréable de te l'entendre dire.

Il m'attira près de lui et m'embrassa sur la tempe avant de m'aider à monter dans sa Mustang jaune.

Nous roulâmes dans un silence confortable quelques minutes avant que je décide de poser une question qui dansait dans mon esprit depuis des jours.

— Bishop ?

— Hmm ?

— Pourquoi moi ? demandai-je doucement en lui jetant un coup d'œil en biais.

Son regard amusé se riva dans ma direction.

— Pourquoi pas toi ?

— Parce qu'on se connaît à peine. Comment as-tu pu être si convaincu que tu me voulais en si peu de temps ?

— Je n'ai pas besoin de manger deux bacs de glace à la menthe et aux pépites de chocolat pour savoir que c'est ma préférée.

— Ouais, mais les gens ne sont pas des glaces, lui lançai-je malicieusement.

Mes tripes se réchauffèrent à cause de ses iris en fusion.

— Non, mais ton goût est aussi bon.

Bon sang, à quoi avais-je pensé en le repoussant ? Il était tout ce qu'une fille saine d'esprit et rationnelle pourrait vouloir chez un homme. Et j'avais été trop têtue pour ouvrir les yeux et le constater.

— Où allons-nous prendre le petit déjeuner ?

Une vague d'embarras m'avait obligée à changer de sujet.

— Au Café Bohanan. J'ai entendu dire que le chef préparait un excellent pain perdu.

Il me fit un clin d'œil.

Une déferlante de plaisir monta en moi.

— Tu m'emmènes juste chez toi pour me déshabiller ?

Ma voix devint aussi chaude qu'une nuit d'été.

— Non, mais je dois admettre que j'ai hâte que tu aies ton propre appartement. Je préférerais que ce soit plus facile de te rejoindre.

Je le scrutai, observant la façon dont ses cils épais se recourbaient aux extrémités.

— Ça ne te dérange vraiment pas que je prenne un appartement, même si nous sommes ensemble ?

Il m'adressa un sourire narquois et accéléra sur l'autoroute.

— Chérie, tu peux posséder la moitié de New York, ça m'est égal. Tant que c'est moi qui partage ton lit la nuit.

Si mon sourire s'élargissait encore davantage, je risquais de lui causer des dégâts permanents.

— Tu sais toujours exactement ce qu'il faut dire, n'est-ce pas ?

Son regard s'adoucit tandis qu'il parcourait mon visage.

— Je dis un tas de conneries qui énervent les gens. Voilà pourquoi je suis si doué pour m'excuser. Je me suis beaucoup entraîné.

Il se calma et fixa à nouveau la route.

— Et je suis vraiment désolé de t'avoir fait du mal la semaine dernière. Je ne peux pas te promettre que je ne recommencerai jamais, mais je te promets d'essayer.

— D'accord, soufflai-je.

Le truc, avec Bishop, c'était qu'il ne se retenait pas. Il était exactement la personne qu'il prétendait être. Il disait ce qu'il ressentait et parlait lorsque ce qu'il avait à dire en valait la peine. Quand il me déclarait à quel point mon bonheur était important pour lui, je le croyais.

Il était merveilleux de constater que cette prise de conscience m'excitait.

Après être entrée dans son appartement, je ne tins pas cinq secondes avant de lui sauter dessus. Bishop me prit aisément dans ses bras et j'enroulai mes jambes autour de sa taille.

— Je craignais tant de ne plus jamais vivre ça, expliqua Bishop en nous emmenant dans sa chambre.

— Moi aussi, admis-je en lui embrassant la mâchoire.

La griffure de sa barbe sur mes lèvres envoya un élan de plaisir directement vers mon entrejambe.

Il me posa à côté de son lit et nous déshabilla comme si nos vêtements avaient été en feu. Il me dévora ensuite des yeux.

— Sur le lit, sur le dos. J'ai besoin de goûter ton adorable saveur.

Qui étais-je pour le contredire ? Je m'allongeai, son regard affamé m'offrant suffisamment de confiance pour me cambrer et remuer d'un air provocateur. Il voulait un spectacle ? J'allais lui en donner un.

— Je pourrais t'observer bouger comme ça toute la journée.

Il se rapprocha et m'écarta grandement les jambes tout en massant l'intérieur de mes cuisses avec ses mains musclées qui trouvèrent rapidement leur chemin vers ma poitrine douloureuse. Je manquai de jouir quand ses doigts habiles me pincèrent les tétons plus fort que je ne m'y étais attendue. Bishop était doux. Il était en mission et j'étais à ses ordres.

Il me mordilla et me caressa, avant de m'apaiser et de me taquiner jusqu'à ce que mon corps se lamente tant il avait besoin de jouir.

— *S'il te plaît*, Bishop. Il faut que je jouisse.

Mes mots étaient teintés de désespoir.

Bishop aligna son corps avec le mien et nos cœurs battaient à l'unisson. Il marqua une pause.

— Préservatif ?

Je secouai la tête.

— Je suis sous contraception.

— Tu en es sûre ? Je ne veux pas que tu fasses quoi que ce soit si ça te met mal à l'aise.

— Je ne veux rien entre nous. Pas de préservatif, de secret ou rien d'autre. Rien que toi et moi, dis-je doucement.

— Merde, je ne sais pas ce que j'ai fait pour te mériter, grogna-t-il avant que ses lèvres dévorent les miennes.

En trois caresses autoritaires, Bishop fut entièrement plongé en moi.

— *Seigneur*, tu es incroyable.

J'étais encore un peu serrée, mais mon corps s'habituait de plus en plus à accepter sa longueur. Un gémissement rauque franchit mes lèvres. Bishop prit son temps avec de lentes caresses intentionnelles. Il suçota ma poitrine et m'embrassa dans le cou tandis qu'une tempête montait en moi. Sans me prévenir, il se retira et s'agenouilla. Je n'eus pas le temps de lui demander ce qu'il faisait avant qu'il lève mes jambes et me retourne sur le ventre.

Plaçant son corps au-dessus du mien, il ronronna près de mon oreille.

— Prête pour quelque chose de nouveau ?

Je ravalai mon sourire étourdi et hochai la tête. Un grondement masculin fit écho dans son torse, puis il passa un bras sous mes hanches et releva mes fesses.

— Cambre le creux de tes reins.

Il appuya une large paume sur le haut de mon dos et leva mes fesses de l'autre. Cette position me paraissait si dévergondée et exposée, comme une chatte en chaleur qui se présenterait pour l'accouplement. C'était incroyable. Pas seulement à cause de l'érotisme de l'acte, mais de ce que je ressentais en sachant que le regard insatiable de Bishop dévorait chaque centimètre savoureux.

— On va tellement s'amuser en découvrant la vie, ensemble.

Sa main caressa le globe de mon postérieur avant de disparaître et de revenir immédiatement pour me fesser.

Je m'exclamai, surprise, avant de cambrer davantage les fesses alors que la chaleur conséquente à son geste brûlait mon entrejambe. Je manquai de ronronner quand l'extrémité de son membre taquina mon entrée.

— Garde ces fesses cambrées vers le haut, chérie. Tu m'as trop excité pour que ce soit autrement que violent et rapide.

Il ne mentait pas. Cet homme baisait comme un animal et j'en adorai chaque seconde impie. Le poids de son corps sur le mien. Le claquement de ses bourses sur mon clitoris. J'appréciais même la main qu'il avait doucement enroulée autour de ma gorge, en prenant soin de ne pas bloquer ma respiration. Tout ça paraissait divin, surtout en sachant que j'étais à lui. Cet homme puissant, époustouflant et incroyable m'avait choisie et il était tout à moi.

♦

— J'IMAGINE qu'on devrait aller cuisiner, dis-je alors que nous étions toujours au lit une demi-heure plus tard.

Bishop grommela.

— Je ne suis pas certain d'avoir besoin de nourriture quand je peux te manger, toi.

Mon ventre grogna furieusement en signe de protestation. J'éclatai de rire.

Bishop haussa un unique sourcil brun.

— Au temps pour moi. Allez, je vais concocter un petit déjeuner pour ma chérie.

Une demi-heure plus tard, l'odeur de cannelle et de beurre fondu flottait dans l'air. Je m'assis, les jambes croisées, sur le plan de travail de la cuisine. Je portais l'un des maillots de corps de Bishop et le regardais manier la poêle à frire comme un professionnel. Un professionnel torse nu. Un professionnel torse nu, tatoué et carrément sexy.

— Je dois dire que je ne me serais jamais attendue à ça. Tu cuisines autre chose que du pain perdu ?

Je voyais bien qu'il avait déjà préparé ce plat, à la manière dont il empêchait le pain d'être saturé d'œuf. Ce n'était pas toujours facile à faire.

— Avec cinq petits frères et sœurs, j'ai appris à cuisiner quand j'étais jeune. Rien de sophistiqué, mais c'est suffisant pour nourrir tout le monde.

— On dirait que tu portais beaucoup de responsabilités sur ton dos.

Il haussa les épaules et retourna la tranche de pain crépitante.

— Papa est mort quand j'avais dix-sept ans. Maman devait travailler autant qu'elle le pouvait. Je n'ai pas vraiment eu le choix, mais ça ne m'a jamais trop dérangé. C'est la vie. La rancœur n'aurait fait qu'empirer les choses.

Seigneur, je n'en savais rien.

Pourquoi le saurais-tu ? Tu n'as jamais pris le temps d'apprendre quoi que ce soit le concernant.

Aïe. C'était un peu dur, bien qu'un peu justifié.

— Je suis vraiment désolée, je ne m'en étais pas rendu compte.

— C'était il y a plus de dix ans. Tu n'as pas de quoi être désolée, maintenant.

Il jeta un coup d'œil dans ma direction et me lança un petit sourire.

— Tu peux me dire comment il est mort ? Si tu ne veux pas en discuter, je le comprends totalement.

Je me rendis subitement compte que je mourais d'envie de savoir tout ce qui le concernait.

— Non, c'est bon. Vraiment. Il est décédé d'un cancer du poumon. Il fumait comme un pompier.

Bishop empila le pain frit sur une assiette et avança vers moi, décroisant mes jambes pour se placer entre elles.

— Je ne suis pas fan des cigarettes, à cause de ça. Je n'en ai jamais touché une de ma vie.

Mon cœur se serra dans ma poitrine quand je songeai au garçon qui avait dû grandir trop vite.

— Je dirais que c'est compréhensible. Heureusement, je n'en suis pas fan non plus.

Je me penchai et appuyai mes lèvres contre les siennes, m'ouvrant quand sa langue chercha à entrer. Nous nous embrassâmes langoureusement une longue minute jusqu'à ce que mon ventre gronde à nouveau. J'éclatai de rire et dissimulai mon visage dans le creux de son cou.

— Très bien, chaton. Je vais te donner à manger.

Le petit déjeuner fut délicieux. L'atmosphère était détendue et agréable, mais c'était la compagnie qui rendait le repas merveilleux. Mon attirance pour Bishop ne tournait pas qu'autour du sexe. J'aimais réellement passer du temps avec lui. Il était amusant, prévenant et ouvert d'esprit. La conversation avec lui se faisait sans effort.

Je ne savais pas où notre relation nous mènerait, mais j'étais certaine d'une chose. Trouver l'homme parfait dès le départ n'était peut-être pas une si mauvaise chose. Me contenter d'un seul homme avait ressemblé à un cauchemar, avant que je rencontre Bishop. Désormais, je ne pouvais m'imaginer désirer quelqu'un d'autre.

ÉPILOGUE

Cinq semaines plus tard

J'AURAIS DÛ ÊTRE FATIGUÉE, APRÈS UNE LONGUE JOURNÉE DE déménagement, mais l'enthousiasme à l'idée d'avoir mon propre appartement rendait l'attente de Bishop plus facile. J'avais peine à croire que cet endroit m'appartenait. Avec deux chambres, ce logement était spacieux, sans être tape-à-l'œil. Il était absolument parfait. Une part de moi ne cessait d'espérer que quelqu'un entre depuis une autre pièce et me hurle de sortir de chez lui.

Le fait que tous les meubles disposés ici soient nouveaux

ne m'aidait pas. J'avais passé un mois à équiper cet endroit et à programmer les livraisons pour le jour de la vente. Je n'avais pas voulu attendre une minute de plus que nécessaire. Heureusement, tous les papiers furent signés sans problème et j'étais désormais une fière propriétaire.

Bishop m'avait beaucoup soutenue. Il avait pris toute une journée pour m'aider à déménager, puis il avait dû aller travailler au club quelques heures. Cela me donna un peu de temps pour aménager la cuisine et déballer quelques affaires. Le nombre de conneries que j'avais dû acheter surpassait presque tout ce que j'avais rapporté de chez mes parents. Des produits ménagers aux ustensiles de cuisine en passant par les serviettes de bain, voler de mes propres ailes avait demandé un immense effort. Et cela valait chaque centime dépensé.

C'était encore plus adorable de savoir que j'allais passer la première nuit dans mon nouvel appartement avec Bishop. Il m'avait envoyé un message pour me dire qu'il était en route, alors je tendais l'oreille pour surveiller sa venue quand l'interphone sonna à côté de la porte d'entrée.

Je bondis à son arrivée et mon sourire s'élargit davantage quand je vis le magnifique bouquet dans sa main.

— Bonsoir, bel homme.

Les fossettes caractéristiques de Bishop apparurent.

— Je pourrais clairement m'y habituer.

Il posa les fleurs sur le plan de travail de la cuisine, m'attira pour m'embrasser une fois de plus. Je ressentis ce baiser jusqu'au bout de mes orteils. Quand il recula, ses yeux marron chaleureux scintillaient d'éclats de miel et de caramel.

— Le mec de la sécurité vient demain pour installer le nouveau système.

— Tu sais qu'il y a déjà un excellent système de sécurité, dans l'immeuble, lui fis-je remarquer en continuant de sourire.

Il se contenta de me gratifier d'un petit sourire et de me dire qu'il s'en moquait. Je levai malicieusement les yeux au ciel. Je n'étais pas totalement opposée à l'idée d'un nouveau système de sécurité. J'aimais simplement le défier parfois, pour qu'il n'oublie pas que je pouvais le faire.

— J'ai envisagé de me changer, avant que tu arrives, mais une fois que je me suis assise sur le canapé, je n'ai plus réussi à me relever.

Je baissai les yeux vers le T-shirt sale et extralarge que j'avais porté toute la journée.

— Je suis ravi que tu ne l'aies pas fait, susurra-t-il en se rapprochant.

Quand je croisai son regard, la chaleur bouillonnant derrière ses yeux engendra une mare de désir liquide au fond de mon ventre.

— Ah oui ? demandai-je d'une voix qui devenait rauque.

Bishop me fit reculer jusqu'à ce que mon dos se cogne contre le plan de travail, puis il plaça les mains de chaque côté de mon corps et m'embrassa langoureusement. Nos langues se mêlèrent, lentement et ardemment. Quand il s'éloigna enfin, il leva une paire de ciseaux qui avait été laissée là.

Je l'observai, captivée, alors qu'il glissait les ciseaux de haut en bas sur mon T-shirt et le découpait. Ses yeux brillaient sournoisement.

— Mais qu'est-ce que tu fais ? soufflai-je.

— J'ouvre mon cadeau de crémaillère.

— Ça ne fonctionne pas comme ça. On est chez moi, c'est moi qui devrais ouvrir un cadeau.

Le sourire dont me gratifia Bishop en guise de réponse était parfaitement malicieux.

— Oh, tu auras bientôt le tien.

Il me retourna rapidement et utilisa les restes du T-shirt pour coincer mes mains derrière mon dos. Quand je fus une nouvelle fois face à lui, il avait les ciseaux en main et son regard était rivé sur mes seins.

— Bishop, l'avertis-je. C'est un soutien-gorge La Perla à deux cents dollars.

Il ne tressaillit même pas.

— Je t'en achèterai deux de chaque couleur.

Il glissa alors précautionneusement les ciseaux au centre de la dentelle délicate, le froid sur ma peau réchauffée me faisant haleter et me cambrer. Après un mouvement sec des lames, le soutien-gorge se brisa, libérant ma poitrine.

— Oh que *oui !* gronda-t-il.

Son excitation était si torride que je ne pouvais même pas être en colère.

Bishop me mena vers la table de la salle à manger toute neuve et me pencha au-dessus. Le froid fut un choc pour ma gorge, mais j'oubliai rapidement tout ce qui ne concernait pas les mains de Bishop qui me débarrassaient de mon short et de ma culotte.

— Tu es si sexy.

Il me caressa les fesses.

Mon dos s'arqua, tandis que je me présentais pour son plaisir et que je me sentais soudain désespérément vide.

— S'il te plaît, Bishop. J'ai besoin de toi en moi.

— Je sais, chaton. Et je vais te donner exactement ce dont tu as besoin.

Il inclina mes hanches pour s'aligner avec mon entrée, puis avança. D'une main, il continua de me caresser alors que l'autre tenait le tissu autour de mes poignets et m'attirait contre lui. Le mouvement créa une friction délicieuse et mes tétons se frottèrent contre la table.

— Ouuui, gémis-je.

Bishop accéléra. Il était si incroyable. Mes muscles se crispèrent et se contractèrent pour en chercher plus.

— Merde, bébé. Si tu me serres comme ça encore une fois, je ne tiendrai jamais.

Je réprimai un sourire et me convulsai autant que je le pouvais. Bishop me fessa, provoquant une brûlure exquise à cause de laquelle mon entrejambe se lamenta.

Après quelques autres coups de reins punitifs, il m'arracha mes liens et me retourna afin que je sois sur le dos, les genoux écartés. J'étais totalement exposée et je suintais de désir.

— Mon Dieu, tu es incroyable.

Bishop retira son T-shirt dans un bref mouvement, puis il s'agenouilla.

— Et je vais te dévorer jusqu'à ce que ces jambes tremblent.

Fidèle à sa parole, il s'exécuta. Il me prit ensuite si passionnément qu'il dut me porter jusqu'à mon lit. Je n'étais pas certaine que mes jambes refonctionnent un jour. Non pas que cela me préoccupe. Il en valait totalement la peine.

⸙

Le lendemain fut beaucoup plus tranquille. Je passai mon temps à ranger et à nettoyer, puis je fis une longue sieste bien agréable. J'en avais besoin, car Noemi, Shae et moi sortions pour le vingt et unième anniversaire de ma cousine. Elle et son mari l'avaient déjà célébré pendant leur lune de miel. Cette sortie n'était qu'entre filles.

— Tu es prête ? me demanda Bishop en arrivant.

Je venais d'appliquer les dernières touches de mon maquillage quand je l'entendis entrer.

— Oui, laisse-moi juste prendre ma pochette.

Je le rejoignis dans le salon, adorant la manière dont ses yeux s'assombrirent quand il me vit.

— Seigneur, tu essaies de me tuer.

— Ce n'est qu'une robe noire basique.

Je tournai sur moi-même.

Le regard vorace de Bishop parcourut mon corps.

— Il n'y a absolument rien de *basique*, chez toi. Bon, partons d'ici avant que je change d'avis et que je te menotte au lit.

Si mon cœur gonflait encore, j'aurais pu flotter jusqu'à l'ascenseur.

Il demeura silencieux pendant le trajet jusqu'à l'immeuble de Noemi. Je savais qu'il s'inquiétait pour moi. Je sortis donc mon téléphone et fis une chose à laquelle je songeais depuis un moment.

— Donne-moi ton portable, dis-je, une fois que nous fûmes garés.

Il haussa les sourcils, mais obéit et le déverrouilla avant de me le remettre. J'ouvris l'application Find Me avant de lui montrer que mon nom et ma localisation étaient désormais listés.

— Ça t'aide ? demandai-je d'une petite voix.

Étant donné que pendant toute ma vie, mes parents avaient surveillé chacun de mes mouvements, j'étais plus méfiante que n'importe qui à l'idée de laisser quelqu'un d'autre accéder à mes moindres déplacements. C'était personnel. Privé. Je ne voulais pas que quiconque sache ce que je faisais, à n'importe quel moment de la journée. Mais Bishop était différent. Après y avoir longuement et intensément réfléchi, je m'étais rendu compte que je voulais qu'il sache. Et cela me rendait heureuse, de lui offrir cette sécurité.

— Tu es sûre que ça ne te dérange pas ?

Il savait à quel point j'estimais mon indépendance. Cette question qu'il me posait était exactement la raison pour laquelle j'étais prête à partager ça avec lui.

— Oui. En fait, j'aime savoir que tu sais où me trouver, admis-je en souriant.

— Merde, tu es mignonne.

Il posa une main dans mon cou et attira mes lèvres vers les siennes.

— Et oui, ça m'aide beaucoup. Merci, chérie. Maintenant, envoie un message à ta cousine et dis-lui que nous sommes là.

Bishop avait gracieusement proposé de faire le chauffeur Uber pour la soirée. Il aurait aimé se joindre à nous, même s'il se serait contenté de rôder au loin et de m'observer, mais j'avais insisté sur le fait que ce n'était qu'une soirée entre filles.

Toutes les trois, nous parvînmes devant la boîte de nuit trente minutes plus tard. Nous étions CANON, si j'osais en juger par moi-même. Cette soirée d'octobre était fraîche, mais ça ne nous empêchait pas de porter notre tenue de soirée la plus sexy. De plus, ce ne serait plus un problème une fois que nous arriverions sur la piste de danse.

La discothèque vibrait d'énergie à notre entrée, avec la basse pulsante, les corps pivotants et les lumières clignotantes. C'était un cocktail enivrant pour nos sens.

— Que cette fête commence ! cria Shae en nous menant vers le bar.

Nous lançâmes les festivités avec des shots. Comment pouvait-on célébrer autrement un vingt et unième anniversaire ? Nous dansâmes, rîmes et discutâmes de garçons en nous arrêtant au comptoir de temps en temps. Cependant, après deux heures, je remarquai que Shae était devenue muette. Et j'étais peut-être simplement ivre, mais j'aurais pu jurer qu'elle avait le même verre à la main depuis une heure.

— Tu vas bien ? demandai-je d'une voix plus forte que la musique.

Le regard de Shae se riva rapidement sur le mien, avant de se détourner.

— Ouais, restez là toutes les deux. Je reviens tout de suite.

Elle ne s'attarda pas suffisamment pour que je lui pose des questions.

Noemi et moi nous interrogeâmes des yeux.

— Qu'est-ce qui ne va pas, chez elle ?

Elle haussa les épaules.

— Je n'en sais rien.

Nous nous retournâmes pour l'épier et tombâmes presque de nos chaises quand elle fit une prise de catch à un homme d'un certain âge qui chuta par terre.

— Merde alors ! hurlai-je tandis que Noemi l'observait avec la mâchoire décrochée.

Nous bondîmes ensuite toutes les deux de nos sièges et nous ruâmes vers Shae, qui tenait le visage de l'individu contre le sol et tirait l'un de ses bras dans son dos, dans un angle gênant.

— Qui t'a envoyé ? demanda-t-elle froidement d'une voix d'acier.

J'étais si impressionnée.

L'homme grimaça, mais ne cria pas. Il lui jeta plutôt un coup d'œil sous ses paupières plissées.

— Tu ne serais pas une Byrne, toi ?

Il avait un accent irlandais décadent qui le faisait paraître étonnamment insouciant. Je ne voyais pas vraiment ses traits, mais il semblait en forme, bien que cela ait été inutile.

— Ça dépend. Qui es-tu ? rétorqua Shae.

— Laisse-moi me relever et je te le dirai. Ce n'est pas vraiment l'endroit pour une discussion privée.

À ce moment, deux vigiles baraqués se frayèrent un chemin vers le devant des spectateurs qui nous entouraient. Shae leur jeta un coup d'œil avant de laisser, à contrecœur, l'Irlandais se redresser.

— Je t'interdis de disparaître. Je veux une explication. Là-bas.

Elle fit un signe de la main vers notre table, où nos verres presque pleins avaient été laissés sans surveillance. Dommage. J'allais devoir abandonner le mien et il était presque rempli. Enfin, vu la situation, ce serait une bonne idée de ne plus boire d'alcool.

La boîte de nuit retrouva son statu quo débordant d'entrain. La petite scène, éprouvante pour nous, n'avait été qu'un divertissement savoureux pour les autres. Les vigiles continuaient de nous regarder, prêts à nous escorter dehors, mais l'attention des autres clients n'était plus sur nous.

— Qui es-tu ? demanda Shae quand nous nous réunîmes tous autour de la table.

Maintenant que je voyais cet homme de plus près, j'étais choquée de constater à quel point il était séduisant. Ses cheveux bruns bouclés étaient artistiquement décoiffés sur le sommet de son crâne et le cisaillement de sa mâchoire était une perfection virile, accentuée par une barbe de trois jours nettement taillée. Mais c'était la courbe de ses sourcils anguleux, froncés sur des yeux sombres, qui attirait toute l'attention. Et si on ajoutait l'accent ? Il n'y avait pas de mots.

— J'ai été envoyé de Dublin, répondit-il mystérieusement.

— Et tu imagines que je vais te croire, quand tu dis que tu ne savais pas qui j'étais ? Tu nous regardes depuis une demi-heure, et tu n'étais pas discret, si je puis me permettre.

Il mordit sa lèvre inférieure pulpeuse.

— Tu pourrais croire que c'était une coïncidence ? Je suis arrivé en ville hier et on m'a dit que c'était l'endroit parfait pour faire la fête. Je n'ai pas pu m'empêcher de vous contempler toutes les trois. Vous êtes les plus belles femmes de la boîte. J'imagine que c'est logique, maintenant. Les Irlandaises ont toujours une certaine beauté sauvage spéciale.

Oh, bon sang. C'était un charmeur.

Ces mots auraient peut-être paru obséquieux venant de quelqu'un d'autre, mais il rendait chaque syllabe si follement agréable.

Shae tangua d'un pied sur l'autre et croisa les bras.

— Je ne crois pas aux coïncidences, surtout quand tu es impliqué.

— Hé, tu ne me connais pas encore. Attends d'avoir bu un verre avec moi avant de me considérer comme un bon à rien.

Il se tourna et fit un clin d'œil.

— Alors, qu'est-ce qu'on fête ? Peu importe, je dirais qu'il faut porter un toast. Je vais même payer la prochaine tournée.

Les yeux écarquillés, j'observai Shae sans savoir si elle voulait que cet homme parte ou reste pour lui soutirer davantage d'informations. Son regard était fermement rivé sur « monsieur Dublin ». Il avait tendu la main vers sa poche arrière avant de se figer, focalisant ses yeux, telles des obsidiennes brillantes, sur Shae.

— Eh bien, meuf. C'est une manière d'accueillir un visiteur dans ton beau pays ?

Il baissa la voix pour l'avertir.

— Je vais reprendre mon portefeuille, maintenant.

Oh merde ! Elle le lui avait volé dans l'échauffourée. Et, manifestement, elle n'avait pas le moindre remords.

— Si tu es vraiment qui tu prétends, je serai ravie de te le rendre demain quand tu passeras par mon bureau.

Elle haussa les sourcils, confiante.

Il gloussa sinistrement du plus profond de sa gorge.

— Je crains que ça ne fonctionne pas pour moi.

L'homme bougea si rapidement que je ne compris pas ce qui s'était produit avant que ce soit fini. Il avait saisi son bras, résisté à sa tentative de libération et l'avait curieusement retournée pour lui prendre l'autre bras. Les deux étaient maintenant prisonniers derrière son dos.

— Inutile de refaire toute une scène, meuf, murmura-t-il. Je vais seulement récupérer ce qui m'appartient.

Il tapota ses poches arrière de sa main libre, imperturbable quand Shae se débattit dans sa poigne.

— Tout doux, Byrne.

Il passa la main devant pour tapoter les poches vides de son jean avant de marquer une pause au niveau de sa taille.

— Si tu me touches, je te casserai tous tes doigts, dit Shae à travers ses dents serrées.

J'avais l'impression d'être en train de regarder un film. C'était à la fois captivant et terrifiant. Nous étions entourés de gens et pourtant, aucun d'eux n'avait le moindre soupçon sur ce qui se produisait.

— Si tu veux ton portefeuille, je vais te le donner, grogna Shae. Ensuite, il vaudrait mieux que tu dégages d'ici.

L'homme soupira, se pinçant les lèvres comme s'il était sincèrement déçu.

— Je ne voulais pas te déranger, meuf, dit-il en relâchant ses bras.

Shae se tourna pour lui faire face avec un calme parfait et sortit un portefeuille en cuir brun usé de l'avant de son pantalon.

— Prends-le et va-t'en. Et j'informerai mon oncle de ton apparition, ce soir.

Il leva le portefeuille pour la remercier.

— J'y compte bien.

Il se tourna et hocha la tête dans ma direction ainsi que dans celle de Noemi.

— Mesdames.

Il s'en alla.

— Merde alors, déclarai-je lentement. Mais c'était qui, ça ?

Un sourire des plus infâmes et des plus satisfaits se dessina sur le visage de Shae. Elle tendit la main vers son soutien-gorge et sortit une carte d'identité. Ma mâchoire se décrocha. Elle lui avait redonné son portefeuille, mais s'était assurée de prendre l'élément le plus important avant de retourner à la table.

Elle posa exagérément la carte en plastique au milieu de notre table.

— Mesdames, je vous présente Devlin McGrath. Nous le reverrons, sans aucun doute.

ÉPILOGUE BONUS

— Ça devrait suffire pour ce soir. Le lit est fait et nos affaires de toilette sont déballées. J'ai aussi rangé quelques ustensiles de cuisine.

Je m'effondrai sur le canapé et jetai un coup d'œil dans notre nouveau salon. *Le nôtre.* Après un an de relation, Bishop m'avait demandé si je voulais que nous vivions ensemble et j'avais été heureuse d'accepter. Il avait insisté pour nous acheter un appartement qui serait le nôtre, plutôt que de me laisser emménager chez lui. Le sien était bien plus grand que le mien, il aurait donc été logique que je vienne habiter chez lui. Toutefois, étant donné la peur que j'avais déjà eue de perdre mon identité dans une relation, il ne voulait pas prendre le risque que le déménagement crée des tensions. Nous avions passé quelques semaines à chercher des appartements et nous en avions finalement trouvé un que nous aimions tous les deux. Trois mois après ça, nous étions sur le point de passer la première nuit dans notre nouveau chez-nous.

Je n'aurais jamais imaginé qu'emménager avec un homme me satisferait autant. La nervosité et l'enthousiasme se mêlaient avec un degré étonnant de certitude me prouvant que je faisais ce qu'il fallait. Bishop m'avait procuré tant de joie que j'étais bien trop heureuse de partager un foyer avec lui.

— Je suis d'accord, dit mon Irlandais sexy entre deux gorgées dans sa bouteille d'eau en plastique. Il est temps de te détendre et j'ai déjà commandé le dîner.

— Merde, tu crois que tu peux annuler ? J'ai oublié de te dire que Noemi nous avait invités pour le dîner.

Ai-je mentionné que notre appartement se trouvait un étage sous celui de ma cousine et de son époux ? Cet endroit était *parfait* à l'intérieur et avec Noemi si près de nous, j'aurais juré qu'il était fait pour nous.

— Merde, Pip. Non, je ne peux pas annuler.

Il grimaça.

— J'aurais dû deviner que tu prévoirais quelque chose avec elle.

Il donnait l'impression que je manquais habituellement de considération et cela me hérissa instantanément.

— C'est un dîner, Bishop, répliquai-je.

— Ce n'est pas un dîner. C'est notre premier dîner ici.

— Je comprends et c'est vraiment mignon, mais nous aurons un tas de dîners, ici. Ce sera à la bonne franquette, alors il n'y aura rien à nettoyer.

Je ne saisissais pas pourquoi nous nous disputions à ce

sujet. Ce n'était qu'un dîner. Nous passerions tout de même le reste de la soirée en tête à tête.

— Ce n'est pas une question de vaisselle ! aboya-t-il.

Je me levai pour me mettre sur la défensive.

— Alors c'est quoi, le problème ?

— J'allais te faire ma demande, putain !

Toujours debout, les bras tendus de chaque côté, j'écarquillai les yeux. Les mots me manquaient.

— Quoi ? soufflai-je, comme si j'étais certaine de l'avoir mal entendu.

Le regard de Bishop s'adoucit tandis qu'il réduisait la distance entre nous.

— J'espérais que, comme nous vivions au même endroit, tu ne flipperais pas à l'idée de t'engager. J'ai envie de le faire depuis des mois, mais j'essayais d'être patient.

— Sortir ensemble pendant un an, ça n'a rien d'extraordinaire, murmurai-je d'un air absent en m'efforçant d'encaisser ce qu'il se passait. Même si, j'imagine que pour quelqu'un d'aussi déterminé que toi, c'est un miracle que tu aies attendu si longtemps.

— Ne m'oblige pas à te fesser. Je préférerais te doigter en te disant que tu es ma fiancée.

Il posa les mains sur mon visage et me força à lever les yeux vers lui.

Je luttai contre un sourire moqueur, émergeant finalement de mon brouillard.

— C'est sûrement la demande en mariage la plus mignonne de l'Histoire, le taquinai-je.

Les fossettes de Bishop disparurent et son regard s'assombrit.

— Pippa Revello, tu m'as captivé de bien des manières depuis que nous nous sommes rencontrés. Tu as donné un but à ma vie, un sens et un épanouissement dont j'ignorais l'existence. Je veux passer chaque jour du reste de ma vie à te rendre heureuse et chaque nuit à te faire crier de plaisir. Je t'aime depuis les profondeurs de mon âme. S'il te plaît, dis-moi que tu seras ma femme.

— Je vais dire à Noemi que nous ne pouvons pas venir dîner.

Un sourire étira ses lèvres.

— C'est un oui ?

— Bien sûr que c'est un oui.

Je souriais tant que mes joues étaient douloureuses.

— Je t'aime, Bishop Bohanan, et je serai heureuse d'être ta femme.

Ses yeux couleur chocolat fondirent et je sentis son soulagement. Il n'avait pas été convaincu que j'accepterais si facilement et, pour être honnête, je me surprenais un peu moi aussi. Mais ce que j'avais dit était venu du cœur, sans retenue. Mes peurs passées selon lesquelles je me perdrais dans une relation avaient été apaisées quand Bishop m'avait montré du respect et de la patience à de nombreuses reprises. Il m'avait clairement fait comprendre que je ne manquais rien du tout en m'engageant avec lui.

Je me mis sur la pointe des pieds et appuyai mes lèvres sur les siennes.

La réponse de Bishop fut vorace. Il m'attira contre lui, sa langue se mêlant avec la mienne.

— Il faut que tu te déshabilles. Maintenant.

Je hochai la tête, rendue muette par mon propre besoin écrasant. Nous arrachâmes nos vêtements et à la seconde où il ne resta plus rien entre nous, il me prit dans ses bras et m'emmena dans la chambre.

— Tu ne voulais pas baptiser notre nouveau canapé ? le taquinai-je entre deux baisers.

— Nous aurons le temps, pour ça. Pour l'instant, je veux plein de place, pour voir chaque centimètre de ma future femme.

— Pippa Bohanan.

Je testai ces mots sur mes lèvres et aimai leur consonance. Je mentirais si je disais que je n'avais pas déjà effectué cette combinaison dans ma tête, mais c'était la première fois que je la prononçais à voix haute.

— *Merde*, grogna-t-il. Tu vas me faire jouir sur ton ventre.

Je souris, contractant les hanches pour appuyer davantage mon ventre contre son membre tendu.

— Peut-être que tu *veux* être fessée.

Ses mots étaient comme du velours noir sur ma peau.

Je me mordis la lèvre inférieure et le regardai d'un air aguicheur.

— Oh, chaton. Tu n'aurais vraiment pas dû faire ça.

Deux secondes plus tard, j'avais été retournée et penchée au-dessus du bord du lit, Bishop me caressant les fesses. Mes poumons oscillaient à cause du manque d'air, non pas parce que mes voies respiratoires étaient obstruées, mais parce que l'adrénaline et le désir faisaient tambouriner mon cœur dans ma poitrine.

Je me cambrai dans un gémissement, montrant à quel point j'étais impatiente qu'il me touche. J'avais appris, tôt dans ma relation, que Bishop était un maître du contrôle dans la chambre à coucher, et ses punitions étaient alléchantes. Être vilaine était l'un de mes nouveaux passe-temps favoris.

— Ça, c'est parce que tu as bousillé mes plans, grogna-t-il avant que sa paume ne claque contre ma fesse droite.

Le picotement provoqua un courant électrique qui rejoignit mon entrejambe. Si j'avais pu ronronner, je l'aurais fait.

— Ça, c'est pour avoir été insolente.

Claque.

Mes yeux roulèrent dans leurs orbites sous l'effet du plaisir.

— Et *ça*, c'est pour m'avoir poussé à t'aimer plus que la vie.

Lorsque sa main s'abattit, elle glissa vers le bas et il passa un doigt entre mes chairs.

— Merde, chaton. Tu mouilles tellement pour moi. J'ai beau avoir envie de te tirer les cheveux et de te baiser sauvagement par-derrière, j'ai encore plus envie de te faire l'amour.

Il me retourna et m'aida à me coucher sur le lit. Quand son corps fut aligné avec le mien, je croisai toute l'intensité de son regard. Une telle vulnérabilité et une telle sincérité me firent monter les larmes aux yeux.

— Je t'aime, chuchotai-je malgré le nœud d'émotions qui bloquait ma gorge.

— Tu es mon *tout*.

Il décrivit trois va-et-vient mesurés pour s'enfoncer profondément en moi, sans jamais arrêter de me regarder.

Au début, il maîtrisa son rythme, qui demeura modéré et délibéré, jusqu'à ce qu'il ne puisse se retenir plus longtemps. Il donna des coups de reins en moi, comme s'il avait désespérément envie d'unir nos corps.

— Mon Dieu, *oui*, Bishop. Tu es si bon.

— Glisse ces doigts entre nous et touche-toi, chérie.

Je m'exécutai, mais sa voix tendue m'excitait plus que mes

doigts. J'aimais savoir que je pouvais réduire tout son contrôle à néant.

En quelques secondes, une jouissance partagée nous arracha des cris. Le mien était essoufflé et brutal, le sien, triomphant.

Lorsqu'il eut pris un gant dans la salle de bains et m'eut gentiment nettoyée, il s'occupa de lui et nous nous blottîmes l'un contre l'autre.

— Le dîner arrive bientôt ? murmurai-je en flottant encore sur un nuage de bonheur.

Il leva la main et jeta un coup d'œil à sa montre.

— Pas avant une demi-heure. On a le temps.

— Hmm…

Mes pensées embrumées se focalisèrent sur la vue de l'un de ses tatouages – une fine croix sous son avant-bras – et cela me fit songer à son surnom.

— Tu sais, je n'aime pas imaginer les filles qui sont passées avant moi, mais ce surnom était mérité.

J'avais rapidement appris que Bishop, « évêque » en anglais, avait fini avec ce nom, car les filles de son lycée terminaient toujours à genoux, pour lui. Comme je l'avais dit, y réfléchir ne me plaisait pas, mais c'était compréhensible. Cet homme était incroyable.

— Tu sais que ce sont des conneries, n'est-ce pas ? demanda-t-il.

Je souris narquoisement.

— Eh bien, je me suis dit que ça devait être un peu exagéré, mais ce n'est pas totalement impensable de se dire que les filles faisaient la queue pour sortir avec toi.

Il me fit rouler sur le dos et s'appuya sur un coude afin de me regarder.

— Ça n'avait rien à voir avec ça, expliqua-t-il doucement.

Je suis surpris qu'on ne l'ait pas évoqué avant. Je ne m'étais pas rendu compte que je ne t'avais pas raconté comment j'avais réellement obtenu ce nom.

Je demeurai parfaitement silencieuse, attendant impatiemment l'histoire.

— Après la mort de mon père, les choses étaient vraiment difficiles. En plus d'avoir le cœur brisé, nous n'avions pas d'argent. J'avais une tonne de responsabilités sur les épaules. Pendant un moment, tout était assez lugubre. J'allais souvent à l'église. Je restais assis sur les bancs, espérant que Dieu m'expliquerait comment une situation si merdique était possible. Parfois, je lui en voulais. Parfois, je le suppliais de m'aider. Parfois, je restais assis là en silence. Quand les mecs de l'école ont compris où je disparaissais tout le temps, ils ont commencé à m'appeler Bishop.

Son doux regard se posa sur moi après s'être brièvement détourné quand il parlait.

— Alors, tu vois, je n'étais pas réellement le don Juan que tu imagines. Je ne dis pas que j'étais un saint, mais pendant les années suivant la mort de papa, j'étais bien trop en mode survie pour m'amuser.

Je levai une paume pour effleurer sa joue barbue au-dessus de moi, puis je la passai sur sa nuque afin d'approcher ses lèvres des miennes. Nous échangeâmes un baiser respectueux qui se fit une place au plus profond de mon cœur.

— Merci d'avoir partagé ça avec moi, chuchotai-je alors que mes lèvres étaient à quelques millimètres des siennes. Je me sens tellement chanceuse que tu sois à moi.

Les commissures de ses lèvres se relevèrent.

— Tu devrais. Je suis incroyable.

— Incroyablement énervant.

Je haussai malicieusement les yeux au ciel.

— Oh, vraiment !?

Ses doigts s'enfoncèrent dans mes côtes et me chatouillèrent impitoyablement.

— Non ! Je retire ce que j'ai dit. *Pitié !*

Les mots étaient étouffés entre mes rires essoufflés.

Bishop céda et me lança un sourire radieux, creusant ses fossettes.

— C'est ce que je pensais. Maintenant, lève tes fesses. J'ai commandé des steaks pour ma fiancée et une bague avec un diamant doit retrouver sa maison.

— Une bague ? soufflai-je avant de me figer.

Il me sourit et ouvrit le tiroir de la table de nuit pour en sortir un écrin en velours noir.

— Tu ne pensais pas que j'allais faire ma demande sans bague, si ?

Je m'assis et observai, bouche bée, le diamant ovale le plus incroyable que j'avais jamais vu. Il brillait, même sous la lumière tamisée de notre chambre.

— Oh, Bishop. C'est *magnifique*.

— Je suis ravi qu'il te plaise.

Sa petite voix trembla d'émotions tandis qu'il glissait l'anneau à mon doigt.

— Je n'ai jamais rien vu d'aussi parfait.

Il ne regardait plus la bague.

— Tu vas me faire pleurer, dis-je en respirant péniblement.

— Oh, non. Pas mon chaton féroce. Elle ne montrerait jamais une telle faiblesse.

J'adorais sa manière de me faire sourire constamment.

— Exactement.

Je reniflai et gloussai.

Bishop déposa un baiser délicat au coin de mes yeux avant de m'aider à m'habiller pour que nous célébrions la première soirée de notre nouvelle vie ensemble.

♦

Merci beaucoup d'avoir lu *Péchés secrets* !
Les Frères Byrne est une série de romans indépendants interconnectés. Le prochain sur la liste est Une union dépravée.

Une union dépravée (*Les Frères Byrne*, tome 2)
Keir Byrne ne se cherchait pas de femme, mais la fille du gouverneur est en danger et un mariage leur serait bénéfique à tous les deux. Le seul problème ? Rowan est déjà en couple avec quelqu'un d'autre. Heureusement, Keir n'est pas du genre à laisser une épouse réticente entraver ses plans…

Vous avez manqué le premier roman des *Frères Byrne* ?
Dans Vœux de silence, Conner choisit une épouse muette pour son mariage arrangé, car il pensait qu'il n'aurait pas à lui parler. Toutefois, quand il apprend que Noemi était silencieuse pour se protéger d'un père violent, il devient obsédé par sa famille et veut se venger en son nom.

Assurez-vous de rejoindre ma newsletter anglaise et de rester en contact !
La Newsletter de Jill

RÉSEAUX SOCIAUX & SITE WEB

Site web officiel : www.jillramsower.com
Page Facebook de Jill : www.facebook.com/
jillramsowerauthor
Groupe de lecture : Jill's Ravenous Readers
Suivez Jill sur Instagram : @jillramsowerauthor
Suivez Jill sur TikTok : @JillRamsowerauthor

À PROPOS DE L'AUTEURE

Jill Ramsower est texane depuis toujours — née à Houston, élevée à Austin et résidant actuellement dans l'ouest du Texas. Elle a fréquenté l'Université Baylor, puis l'école de droit de Baylor pour obtenir ses BA et JD. Elle a passé les quatorze années suivantes à pratiquer le droit et à élever ses trois enfants jusqu'au jour fatidique où elle s'est éloignée du droit chemin sur lequel elle marchait et s'est assise pour écrire un livre. Accro au stylo, elle écrit comme une forcenée. Sa passion dans la vie ? Raconter des histoires.